JN014557

それで、よかよか

86の愛のメッセージ

校長ちゃん

第1部　詩・イラスト　とまと

中村堂

●もくじ●

第2部　学校通信……101

第1部　それで、よかよか

詩・イラスト
とまと

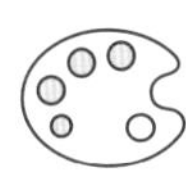

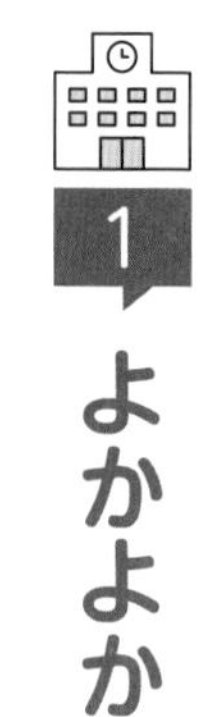

よかよか

いまの君は
長所も短所も
君に必要なものを
全部持っている
だから
もう完ペキ

はじめまして、「校長ちゃん」です。日々教育現場で感じることを独り言のように語って参りたいと思います。あなたのここは間違っていますよ！というような大それた話ではなく、もっと気楽に「おぉっ!?」と納得してページを閉じられるような連載を目指しますね。初回のテーマは「よかよか」です。

私の教育哲学ともいえる「よかよか」。心の底からこの一言を発した忘れられない出来事をまずお話ししたいと思います。もう何年も前、県内の某中学校の生徒さんから、本校のよさこい部がかっこいいので、「ぜひ教えに来てください！」というメールをいただきました。もちろん即決、片道1時間半近くかかるその学校まで出向きました。その際、中学校の先生方よりシュークリームの差し入れがありました。ふと私の袖口を引っ張る気配が。振り返ると本校の2年生の生徒さんでした。「校長ちゃん、ティッシュペーパー持っとう？　うちこのシュークリーム、弟に持って帰りたい」。何という優しい生徒さんでしょう。私はティッシュペーパーと自分の分のシュークリームを彼女に差し出しました。遠慮しつつはにかんで一口食べた彼女が、大声で叫びます。「おいしい！　うちシュークリーム初めて食べた！」…私は号泣でした。

その子は17年間シュークリームを食べたことがなかったのです。それなのにその一個を我慢して弟に持って帰ってやろうとしたのです。私は「あなたは優しいねぇ」と涙を我慢して声をかけました。その時の彼女の一言。「でもうちね、優しいだけじゃ社会に出たら通用せんって言われた」と寂しそうに答えたのです。

本当にそう思いますか？　こんな優しい子に向かってかけるべき言葉が果たしてそれでよいのでしょうか？　思わず「あなたは変わらんでよかよ」と答えると、彼女は「うち、社会に出るのが怖い」と涙を流したのです。そこで私は初めて「よかよか」と心の底からの言葉と共に涙が噴き出したのでした。

優しいだけじゃ通用しない社会ならば、私は社会側を変えていく大人でありたいと強く誓ったのでした。子どもはそのままでいい。そのまま大人になればよい。私はそう信じています。

2 小さな喜び

両手に
抱えきれないほどの
大きな幸せより
手のひらサイズの
小さな幸せを
いっぱい知っている方が
幸せに近いような
気がします

暖かくなりましたね。はい！　今、うんうんとうなずいたあなた、本当にそうか考えてみましょう。「一年で一番暖かい季節は？」と聞くと、極めて多くの皆さんがまさに今、この季節だと答えます。本当にそうでしょうか？　そうだと思い込んでいるだけではありませんか？

私は一年で一番暖かいのは、迷わず冬だと答えます。想像してみましょう。家の明かりが見えた瞬間の安心感、寒い外から家に入った瞬間、こたつにもぐり込む快感、早朝のお布団の中、湯気の上がるスープ…。真冬の寒さの中に、どれだけたくさんの温もりが隠れていることでしょう。冬は〝暖かさに気づける季節〟なのかもしれません。

同じように、つらくしんどい時にこそ、小さな優しさが身に染みるものです。いつも優しさだけに包まれていると、いつしかそれが〝あたりまえ〟にすり替わってしまいます。同じ明るさでも、ずっとその明るさの中にいるのか、暗闇の中からその明るさに目を向けるのかでは、全然感じ方は違います。

以前、深夜徘徊で警察に補導されたお子さんのお母さまが、涙ながらに私に語った言葉が耳に残って離れません。そのお子さんが、友人たちとカラオケに行ってついつい真夜中まで夢中になって歌っていた結果、補導されてしまったのでした。お母さまは彼が補導された事実を悲しむどころか、号泣して大喜びされ、電話口で私に向かって絶叫されました。

「カラオケに行くようなお友達ができたのですか？　夢のようです！」

小学校の頃から引きこもっていた彼とそのお母さまにとっては、カラオケで補導された事実さえ喜びだったのですね。もちろんこの話を美談にするつもりはありませんが、結局は「何が起きているか」ではなく「起きたことをどう感じるか」が大切で、それは私たち次第なのでしょう。

虹を見た時に「いいことがあるかも！」と感じる方。それがもうすでにステキなことなのかもしれませんよ？　流れ星に願い事を託すより、流れ星を見ることができた小さな喜びに気づいてみましょう。私たちの周りは、小さな喜びであふれています。きっと。

3 迷惑

人は本当に
苦しい時には
苦しいと言えない
本当につらい時
つらいとは口に出せない
泣いている人ばかりに
気を配るのでなく
泣けない人こそ
愛してあげたい

本校は、不登校経験者がたくさん入学してくる学校です。最近ようやくこの「不登校」というワードが市民権を得てきましたが、それでもまだまだ。いろいろな考え方はあっていいので、不登校への逆風を「偏見」だと表現するつもりもありませんが、やや偏った見方が根強く残っていることは事実だと思います。

不登校を「かわいそうだ」と捉える価値観が極めて大きいのが現状ですが、これについて書き始めたらこの誌面ではとても書ききれたものではありません。従って大変浅い表現になってしまうことをお許しいただきたいのですが、表に出てくる現象のみで何かを語ってしまうことそのものが、私にはとても滑稽に映ってしまうのです。

不登校でも毎日明るい生活を謳歌している子どもがいたとしましょう。逆に学校に毎日休まず通っていながら、心が折れてしまっている子どもがいたとしましょう。皆さんは、わが子にどちらの状況を望みますか？　極論過ぎるのは承知の上ですが、学校に行くか行かないかよりも、はるかに子どもの精神状態の方が大切ではないでしょうか？

私たちが「良い」と思っていることにも、必ず逆の何かが存在しています。ならば「悪い」と思っていることの中にも、何か素敵な光が存在していませんか？　学校に行きたいと願っている子どもが行けないのは大変悲しいことですが、そこに何かを見出すことができるのならば、その苦しい今も未来に何かを残す意味のある日々なのかもしれません。早々に悪いことと決めつける前に、それに意味を持たせるのもまた、大人の役割なのです。しんどいことを誰かに知ってもらえて救いの手が差し伸べられる人の陰で、その苦しさを誰にも打ち明けることができない人がいるならば、私たちにはそれに気づける感性が求められていると思います。今日も笑顔いっぱいで頑張っているあなた。しんどい時はしんどいと誰かに甘えてみましょう。「誰にも迷惑をかけない」生き方より、お互いに弱音も愚痴も大切にし合える社会の一員として、「迷惑をかけ合いながら生きる」ことも素敵だと思います。

4 大人の嘘

泣いたり
おこったり
なだめたり
お母さんは
少し つかれました
ちょっぴり
不良しても
いいですか

　長期間の休校で、ずっと子どもたちと過ごした保護者の皆さま、どうでしたか？　ご自身の時間がなかなかとれずにしんどい思いをされた方もたくさんいらっしゃることでしょう。どんなにしんどい時でも、ついついそれを「平気」だと嘘をつかなければならないような風潮も、もっとしんどいですよね。正直に言っていいのですよ。「しんどい」と。さぁ、今回はちょっぴり、そんな「嘘」について考えてみましょう。

　大人はよかれと思って子どもにいろいろな声をかけます。ですが、未成熟が許されるはずの子どもたちを無意識のうちに追いつめてしまうような言葉も少なからず使ってしまっています。最たるものが「夢は必ず叶う!」。そう「DREAMS COME TRUE」という言葉です。いやいや、叶わない夢の方が圧倒的に多いことを大人の方がうんと味わってきているはずです。大切なことは、努力をすることがいかに尊いかを説くことであって、少しメッセージがすり替わってしまっているように思います。

評価すべきポイントは、「夢が叶ったか叶わなかったか」という対極論ではなく、「叶えようと一生懸命努力したかどうか」ではないでしょうか。それならば、夢が破れたとしても「君の努力が足りないからだ」という追い打ちではなく、「よく頑張ったね」という自己肯定感を育む言葉をかけることができます。挫折はとても大切な経験です。「ダメだった」という悔しさは人生にとても必要なスパイスです。だからこそ、安心して失敗・挫折ができることもまた、子どもの特権だと思うのです。

皆さんの愛しい愛しい子どもたちが、今日もまた彼らなりに一生懸命頑張っています。それでもうまくいかないもどかしさと向き合っています。そのこと自体を、うんと認めて抱きしめてみましょう。子どもを抱きしめるその瞬間、あなたも子どもさんから抱きしめられているのです。

ちなみに、子どもが家にいることが日常の方もいらっしゃいます。不登校のお子さんがおられる家庭は、まさにその状況といつも直面しています。疲れてしまった時、たまにはちょっぴり〝不良〟になってみませんか。ずっと嘘をつき続けてまで良い親を続ける必要はありませんよ。

勇気

時には逃避や　あきらめも　それも勇気と　呼んでやろうよ

わ

苦手なことは何ですか？　得意なことを思い浮かべるのは苦労しますが、苦手なことはたくさん浮かんできませんか。

そんな数多くの苦手なことの中で、幸運にも克服できた（ように思える）ことが、人前に出ることです。幼少期は何をするにも人の背中に隠れていた私が、今ではどんなに多くの方の前に立っても、あがることはありません。いかにして克服したのでしょうか？

人前に出るのが苦手な人に、それを克服させようとするなら、皆さんはどんな言葉をかけますか？　多くの方々が「勇気を持って頑張ってごらん」的な言葉ではないでしょうか。そもそも、人前に出られないことは克服すべきダメなことですか？　全員が人前に出ることが得意になってしまったら、個性も何もあったものではありません。実はその場にとどまることも、前に出ることも同じように勇気がいることなのではないでしょうか。そう考えると、勇気のない人なんていないように思えてくるのです。

私の両親は、それを克服せよと強いることはしませんでした。「お前らしいね」と笑ってくれていたのを覚えています。何とか現状を打破しようともがき苦しんだわけではなく、さまざまな経験を経て自然と度胸が身についてきただけの話。それ以前に私は消極的なことをダメだとは思っていなかったし、消極的であることにも勇気が必要なことに気づいていました。

何も積極的か消極的かに限った話ではありません。対極はどこにでも存在しています。克服すべきことだと強制されるとしんどいことも、「それで良い」と肯定されると、不思議と自力で克服しようと思えるのかもしれません。もっとも私は消極的を克服したわけではありません。私は私です。持っているもの全部が私の証なのです。

不登校や引きこもりも、ひょっとしたら学校（社会）から逃げるというネガティブな現象ではなく、学校に行くことをあきらめる代わりに、「生きる」ことをあきらめないための勇気のいる行動なのかもしれません。逃避には本当に勇気が必要なことに気づきましょう。

6 役

連載も6回目を迎えました。とても楽しい！ 皆さんと誌面を通してお会いできることが楽しみです。今月の内容は前号とよく似たお話です。私は本格的な運動音痴。体育の授業は大の苦手でした。友人たちが簡単にできることが、私はどんなに一生懸命やろうとしてもできないのです。

ほとんど
主役じゃないけれど
出番はわりと
多いほうで
あなたを泣かせる
こともあります

　ところが、ある一言のおかげで苦痛だったはずの時間に喜びを見いだせるようになったのです。そんな劇的なきっかけを私は今でも鮮やかに覚えています。地区のソフトボールチームでの思い出です。私は一軍に上がることのできない6年生2人の内の一人でした。ノックでもボールは捕れない、バットを振っても当たらないのは悲し

かったです。ただ、練習を休んだことはありませんでした。友達と一緒にいるのが楽しかったし、何より野球系の競技は苦手だけど好きだったのです。ですから、いつも楽しくにぎやかに騒いでいました。

するとある日、コーチがチーム全員の前で言ってくれたのです。「君がチームを明るくしてくれている。ありがとう」と。ただその一言で、それ以来誰よりも声を出し、チームを鼓舞し、下手な自分のプレーでも一生懸命さを伝えることにやりがいを感じられるようになったのでした。すると大嫌いだった体育の授業も、運動場中に私の笑い声が響き渡るほど常に自分の役割を演じ切るモチベーションが生まれ、大好きな時間に変わっていったのです。

目指す役割は一つでなくてもよいのです。ステーキのような料理でも、肉だけでは味気ありません。玉ねぎなどと一緒に盛りつけられて一つの完成形を成すのです。なくてもよい役割などありません。お子さんに「もっと活躍してほしい」と願う気持ちは当然ですが、「もっと」の前に、今ちょっぴりできていることを見つけ、それをしっかり認めてみませんか？　そのたった一回が、何十回もの「もっと」より子どもの心に届くのかもしれません。主役でもわき役でもなく、すべての役がかけがえのない存在なのです。それだけで大拍手大絶賛ですよね。玉ねぎがお肉を引き立てる？　お肉が玉ねぎを引き立てる？　どっちでもいいじゃないですか。お互いが協力し合って自分も相手も輝いているのですから。

7 白紙

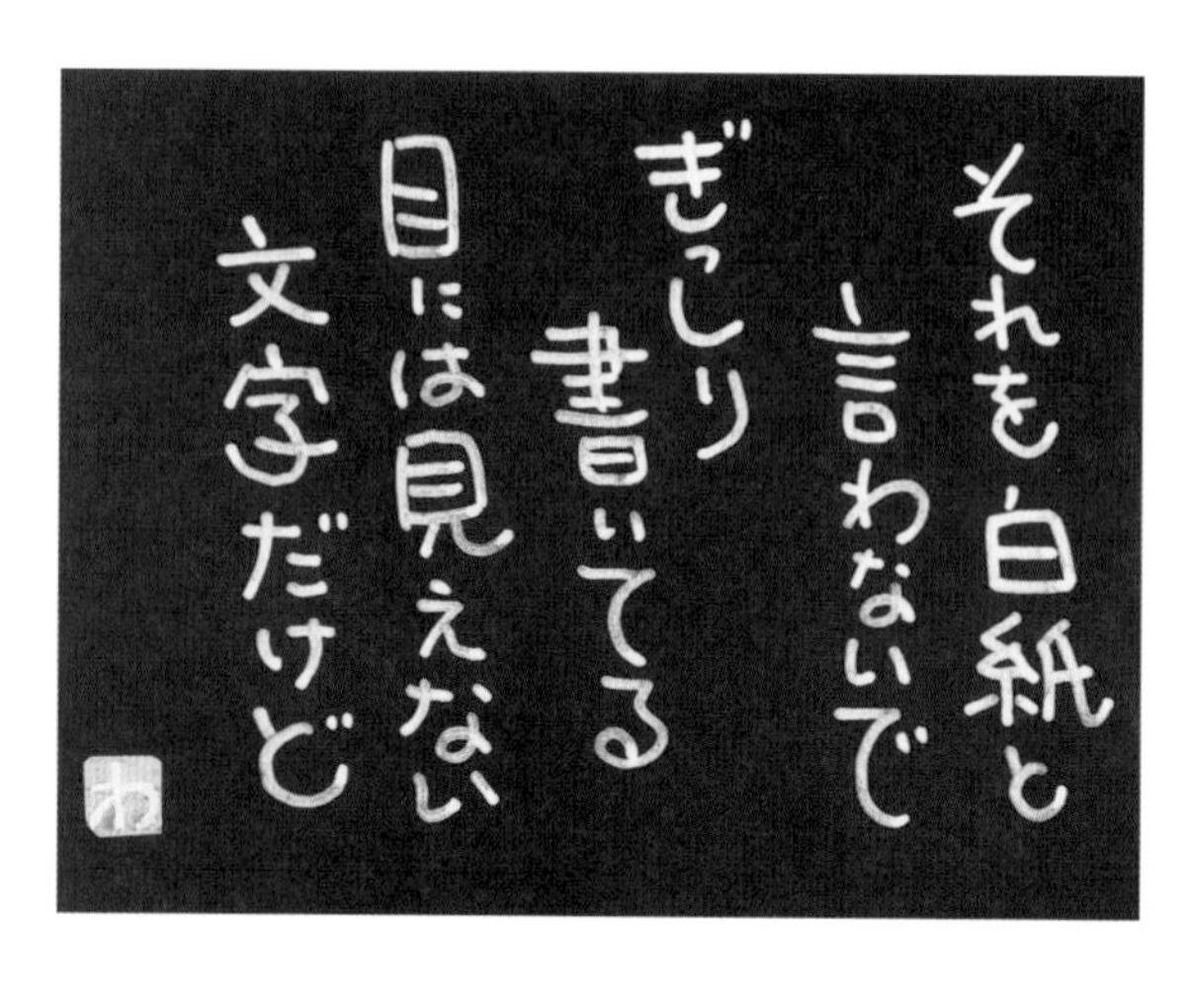

もしお子さんが白紙のテスト結果を持って帰ってきたらどのような声をかけますか？　ついつい叱る内容になってしまいがちでしょう。手放しで喜ばれる方は大変珍しいのではないでしょうか。叱るか叱らないか、というお話がしたいわけではありません。行間に隠された感情を読み解く「想像力」を大切にしたいと思うのです。

〝書いていない〟という現象のみを捉えると「なんで書かないの。ちゃんと書きなさい！」と腹が立つのも当然です。ちょっと考えてみましょう。白紙の解答用紙を提出した本人の感情はどうなのでしょう。平気な子もいれば悔しく恥ずかしい思いをしている子もいるはずです。目を向けるべき

はそこではないでしょうか。

大切なのは表に出てくる〝現象〟ではなく、そこに隠された〝感情〟だと私は常々思っています。ひょっとしたら自分なりに一生懸命勉強してテストに臨んだのかもしれません。それなのに全然書けなかったとすれば、行間にはがっかりと落ち込んだ気持ちがたくさん隠されているはず。全く努力をせずに、案の定書くことができなかったのならば、後悔や反省の気持ちもあるでしょう。それを頭ごなしに白紙であることのみをとがめられてしまうだけでは、何かが次につながることはないと思います。

0点でも次につながるチャンスにすればいいのです。これはテストに限った話ではありません。大人の私たちだって「やろうとしてもなかなかうまくできないもどかしい思い」はたくさん味わっていますよね。大切なのは目に見える結果そのものではないはずです。

以前、たった一行の読書感想文を提出した生徒さんの、その一行の内容を称賛したベテランの先生がいました。「たった一行しか」ではないのです。頑張って一行ひねり出したのです。帰宅したその生徒さんはほめられたことを喜びお母さんに報告し、お母さんはわが子の喜ぶ姿に号泣されたそうです。全てを美談にするわけではありませんが、声にならない声を聞き、目には見えない文字を読み取る想像力は、私たちの社会をとても温かくしてくれると信じています。

8 大丈夫

毎月、原稿を書くのは楽しいのですが、読んでいただいている皆さんがどんな感想をお持ちなのかと考えると、それなりにいろいろと悩みます。誌面では一方通行ですからね。

「このままで良いのだろうか」という葛藤は誰でも常に向き合っているものでしょうが、特にお母さん方（に限った話ではありませんが）は「私の子育てはこれで間違っていないのだろうか？」と、不安な思いを感じておられるのではないでしょうか。理屈通りに、思うように子どもが育つのであれば、誰も悩みはしません。テレビ等でも、こうすべき！という子育てに対するお考えを堂々と述べている方もおられます。誰にでも間違いなく当てはまる正解があるのであれば、最初から教えてい

大丈夫
大丈夫
その道で
いいんだよ

わ

ただきたいものですよね。

そもそも、私たちと子どもたちは違う人格を持った対等な存在です。誰かの人生を私たちがコントロールしようという発想の方が既に見当違いなのかもしれません。彼らは彼らの思うようにしか育っていかないのです。先に生を受けた人生の先輩として、また親としての存在から、こうした方が良いという助言はあって然るべきでしょうが、それでもなお、彼らの想いを尊重しなければならないことは間違いありません。

ここで気づいていただきたいことがあります。それは私たち、つまり皆さんも誰の侵害も受けることがあってはならない、かけがえのない存在なのだということです。私たち自身、間違いなく誰かの子どもですよね。一生その存在に甘えて良いはずの私たちは、いつしか「しっかりせねば」と、より立派な大人であることを自分自身に課し過ぎてしまっているように思うのです。大人にだって得意不得意はあるのです。完璧などあり得ません。

皆さんの子育ては、皆さんが歩んできた人生あっての価値観が基盤にあります。どこにも間違いなどありません。皆さんが思うようにお子さんと接すれば良いのです。腹が立てば怒り、怒り過ぎたことに落ち込み、優しくしようと改心してはものの数分でつい怒鳴り散らし…それで良いのではないでしょうか。達観して子育てを論じるより、苦悩し、葛藤し、右往左往する姿の方が、よほど親として自然だと私は思いますよ。大丈夫、大丈夫。

9

ごめんなさい

つらいのは
ケンカした事
じゃなくて
ゴメンが
言えなかった事

大人の最も苦手な行為は「謝ること」だと常々思っています。形だけの謝罪ならばいくらでもできるのでしょうが、時として自分に非があると分かっていればいるほど、不思議と謝りにくくなってしまうものです。相手が子どもならば、なおさらそうではないでしょうか。

ちなみに皆さんは「あのこと謝っていないなぁ」と引っかかっていることはありませんか。気になっているということは、こちらが謝るべきだということを自覚しておられるということかと…。それでもなかなか謝れないのは、一つは時間の経過でしょうか。タイミングを逸してしまうと、ずるずると時間が経過してしまうものです。それからもう一つ、無意識に自らの非を認めたくないという感覚があると思います。皆さん、さっさと謝ってしまいましょう。今です。今が無理なら今日。この瞬間が大チャンス。明日に延ばしたら、そのもやもやと一生つき合わなくてはなりませんよ。特に大人が子どもに謝ることはとても勇気が必要です。自らの未熟な部分を相手に悟られることで、その後の関係を心配してしまうのでしょうか。私は逆だと思います。親であろうが教師であろうが、言い過ぎた、間違っていた、言い方がきつかった等々気づいたら、相手が誰であれ誠実に謝るべきですし、その姿勢を見せることこそが、子どもたちのその後に正しい成長をもたらしてくれるはずです。

子どもには子どもなりの価値観が、その小さな胸の中にパンパンに詰まっています。大人が上から目線で悟りを語っても、少なくともその瞬間には意味を持ちません。彼らのその瞬間の想いを尊重しましょう。彼らも必ず、私たちの想いを受け取ってくれます。「謝ったら負け」ではありません。そもそも私たちは子どもと勝ち負けの勝負をしているわけではありません。噛まれた傷は痛い。噛んだ方も気になります。どちらも夜は寝られないもの。ホッとしたらなぜかうるっときたりするものです。大人だからって完璧でなくてよか！　謝れる大人、素敵です。今ですよ。「今日はごめんね。ママ言い過ぎた」

10

我慢

言うまでもなく「我慢」は大切ですよね。類義語では「辛抱」や「忍耐」といった言葉が挙げられるのでしょうが、そのような「強い」一面を持つ子どもに育ってほしいという願いを、どなたに限らず共通して持っておられることと思います。

我慢という感情は目にはなかなか見えるものではありません。では分かりやすく「ダム」に置き換えてみましょう。ダムを私たちの心の容量、水を我慢しなければならない出来事だと捉えると、すごく分かりやすいですよね。どんなに造りが頑丈なダムでも、容量を超えて水を貯めることは不可能なのです。物事には必ず限界が存在するの

耐えることも
吐き出すことも
どちらも同じ
大事なことだよ

です。

ダムの水があふれそうになるときは、その水を適度に放流しますよね。放流なしにただひたすらにダムの容量任せにしていては、下流に大きな被害が及ぶだけではなくダムそのものも決壊しかねません。「強さ」と「容量」は似て非なるものなのです。子どもに強さを求めることは正しいと思いますが、限界を超えることを強いているのでは？と心配になることがあります。「逃がしてあげる」ことも大切なのではないでしょうか？

以前、私が入院したとき、夜中にどんなにしんどくても「これしきで弱音を吐いてはいけない」と我慢しました。翌朝、そのことを看護師さんに告げると、「我慢せずにナースコールを押してくださいね」と優しく言葉をかけてくださいました。苦しいときに苦しいと言うのは患者の仕事。それを受け止めてくれるのは看護師さんの仕事。私は、看護師さんの仕事を奪ってしまっていたのかもしれないと、ハッとしたのを覚えています。

水があふれる前に放流ができると知っていれば、限界近くまで我慢できるのかもしれません。それを知らないから、限界のはるか手前で我慢ができなくなってしまうのでは？　助けてほしいときに助けてと言える安心感はとても大切です。それは子どもに限ったことではありません。私たち大人だってもっと弱音を吐いてよかよか！　既にこんなに頑張ってきているのですから。自分の弱さを知っている人こそ強いのかもしれませんね。

11

インスタント

ある朝
兄ちゃんが
みそ汁を作ってくれた
お湯だけ入れる
インスタントみそ汁
風邪がいっぺんに
ふっとんだ

幼少期のわが家は大変に貧しい生活でした。忘れもしない小学校の修学旅行でのこと。お小遣いは1000円と設定されていたのですが、わが家はどうしても500円しか用立てできなかったのです。私はその500円で、ばあちゃん(戸籍上の祖母ではなく、共働きの両親に代わって生後40日から私を育ててくれた赤の他人の自慢のばあちゃんです)に長寿箸を土産に買って帰りました。

私は自分の好きな買い物ができなかった無念さを、泣いて母にぶつけました。母はその出来事を忘れることができなかったようで、生前何度も何度も私に謝っていました。20年も30年も経っているのに。ほろ苦い中に、どこか温かい思い出です。

今の私ならば、修学旅行楽しかったよ！と笑顔で帰ってきたはず。そうすれば母を苦しめることはなかったのにと、私も自分を責めてしまいますが、このような小さな出来事が親子の絆を深めていったのだとプラスに考えています。５００円の価値は５００円です。しかしその５００円に込められた家族の想いや、それをばあちゃんに使った幼い私の想いを考えると、金額が価値の全てではないと強く思うことができます。

インスタント食品や冷凍食品を食育上否定する価値観がありますよね。しかし、多忙なママさんたちが、隙間の時間を使って何とかこしらえるそれらの食事には、たっぷりの愛情が注がれています。物事の価値は目に見える部分だけではなく、どんな想いが込められているかで大きく異なるはずです。そう考えると冷凍食品は実はとても温かい食べ物なのです。インスタントを出さなければならないときに、ママさんが卑屈になることはありませんよ。

母が亡くなるちょっと前、病院の待合室で私は自分が着ていたジャケットを母にそっと羽織らせました。そのときの母が私に向けた笑顔を一生忘れられません。ジャケットの物理的な温かさではなく、母が寒くないようにと気遣った私の心根が本当に嬉しかったのでしょう。母の５００円、ばあちゃんへの長寿箸、息子のジャケット、インスタントみそ汁…愛されていることが分かるように愛することが、人生を支える柱を育てるのだと信じています。

12

鼻歌

鼻歌ってね楽しい時だけ歌っているとは限らないんだ

あてにならないなぁ…といつも落ち込んでいます。自分の観察力の話です。何気なく目にする生徒さんの様子から「あれ？」と思う感性を大切にしているつもりなのですが、本当に大事な部分を見落としてばかり。何もなく平穏なのか、平穏だと思い込んでしまっているだけなのか、自問自答が尽きることはありません。

私たち大人は、喜怒哀楽を重ねながら懸命にそれぞれの今を刻んで生きています。だからこそ、それぞれの価値観が染みついているはず。私と皆さんの「嬉しい」は、言葉は同じでも全然違う感情かもしれないですよね。味わった経験が違うのだから同じ言葉でくくれるはずがなく、違うことこそ自然です。「大丈夫」という言葉を例に考えてみましょう。

生徒さんに「大丈夫？」と聞くと、３通りの反応に分かれます。「大丈夫じゃない！」と言える子は、私たちの目にも大丈夫じゃなさそうに映っていますので、ある意味大丈夫なのかも（笑）。周りに気づいてもらえるわけですから、誰かの救いの手が届く可能性が生まれるのです。逆に心配なのが、「大丈夫」と気丈に答える子です。本当に大丈夫な子の場合は「何が？」と怪訝そうに聞き返してきます。大丈夫かと聞かれるような思いあたる節がないのでしょう。経験上、苦しい思いをしている子に限って「大丈夫」と笑顔で答えてくるように感じています。大丈夫だと思っていると、手を差し伸べるタイミングが遅れてしまいます。だからこそ「助けて！」のサインを見逃さずにキャッチしたいのですが、私の浅い観察力ではなかなかそこに至りません。楽しそうにしているなと思い込んでいる陰で、大人が気づいてくれることを待ち続けている子がいるかもしれないのです。大人でさえ弱音を吐きづらい世の中。「助けて」と口に出すのは本当に勇気が必要です。「たったそれくらい」という自分の価値観が、相手も「たったそれぐらい」かどうかは誰にも分かりません。

とても悲しい出来事を紛らわそうと鼻歌を歌っていたら「ご機嫌ですね！」と言われたことがありました。「うん！」と答えましたが、正直に「いや、歌っとらんと涙が出ると！」と甘えたらよかった…。そろそろ「強いふり」はやめようかなぁ。

13

自律

初めの一歩は
勇気のかたまり
ポンと背中を
押す人は
自分の知らない
新しい自分

連載のご縁をいただいて2年目に突入することができました。とても嬉しく思います。読者の皆さまを直接存じ上げてはいないのに、毎回、想いを伝えようと一生懸命考えていると、共に手をつなぎ合っているような感覚を覚えます。とても幸せです。

私が校長を務める高校は、教師が生徒さんを理不尽に厳しく叱りつけることはありません。つまり、とてもとても厳しい学校だと思っています。「え？」と不思議に感じられませんか？　厳しく叱られないことがどうして厳しい学校となるのでしょうか。

大人が声を荒げると、大半の子どもはちゃんとできるようになります。従順な子どもが「素直」

だと称賛され、手のかかる子どもは「困った子だ」となりかねません。困っているのは子どもなのに。その繰り返しで、子どもは大人からの指示・指導に従順に従うことが身について「自らの意志」を持って「自ら判断」することが苦手になっていくのです。

自分が誰かにコントロールされるのですから、当然自律は芽生えません。これが「他律」ですね。大人は子どもに「〇〇させる」、子どもは大人から「〇〇させられる」のです。本校では極力その感覚を正そうと心がけていて、授業をちょっぴりさぼっていても厳しく叱ることはありません。その結果「勉強についていけない」「卒業が危ない」というネガティブなリスクを自分で負うことになります。とても厳しい学校ですよね。

自ら学ぶべきだと思うのです。失敗経験もまた、その方法ではうまくいかないということを学べる成功経験ですし、疑いもなく大人の言うことに従うより、しっかりとした社会的批判力を身につけて民主主義の一端を担う大人になってほしいのです。大人の理不尽な要求に子どもが従順に従っていては、大人が子どもから育ててもらえなくなってしまいます。

彼らのことを決めるのは私たちではありません。その手伝いは惜しまずに、全力で彼らの思いを尊重したいと常に思っています。その信頼感が相互に芽生えたときに、安心できる穏やかな雰囲気が醸成されると信じています。子どもの背中を押すのは子ども自身。私たち大人だって誰かの子どもです。同じ立場だと思えば気持ちも通じるものです。

14 貸し借り

元気はね
貸したり借りたり
出来るんだ
借りた元気は
いつの日か
ちょっぴり余裕が
できた時
困っている人に
貸せばいい

「3　迷惑（p.12・13）」の内容とちょっぴり似た内容です。最近特に強く感じることです。「他人に迷惑をかけてはいけません」。幼少期から言い聞かされた言葉ではないですか？　そして子育て中の方は今度はその言葉をお子さまに向かって口にしておられるかもしれません。しかし、この言葉の奥行きをもっと考えて使うべきではないかと私は常々思っています。つまり、私はこの言葉を疑っているのです。

　私に相談しに来た生徒さんたちが決まって言います。「校長ちゃん、忙しいのに迷惑かけてごめんね」と。私は基本的に生徒さんが言うことには「よかよか」と答えるのですが、このような場面だけは珍しく生徒さんに反論します。

「はぁ？　なんが迷惑や？　これを迷惑と思うなら、むしろどんどん迷惑をかけてちょうだい♥　迷惑ばかけてくれんなったら、俺はあなたのために活躍できんとぜ？」

人が誰にも迷惑をかけたらいけない世の中で、私はとても生きていく自信はありません。私たちは誰にも頼らず一人で生き抜くことを、無意識のうちに子どもたちに強要しているのではないでしょうか。私たちはお互いに迷惑をかけ合うべきで、誰かに手を差し伸べることも、差し伸べてもらえることも、生きていく上では本当に必要なことですよね。私は誰かの元気の役に立つ人間でありたいのです。もっと誰かに甘えてほしいのです。その代わり、私に元気がないときには、大いに誰かに助けてほしいと願っています。

人が嫌がることをして平気な感覚を「迷惑」と言うならば、確かにそれは良くないと思います。何をしても良いという話ではなく、「迷惑」の一言で、あれもこれもひとくくりにすることがピンとこないだけです。赤ちゃんがおむつを替えてもらって「迷惑をかけてごめんなさい」とは言いません。介護が必要な方が、迷惑をかけて申し訳ないと思っておられるならば、こんなに悲しいこともありません。お互いさまの中で助け合うことは社会生活の根幹だと思います。そのためにも迷惑はとっても大切な存在なのではないでしょうか。

元気は貸し借りができると知っていれば、私たちは決して一人ではないと実感できるはずです。

15 雨

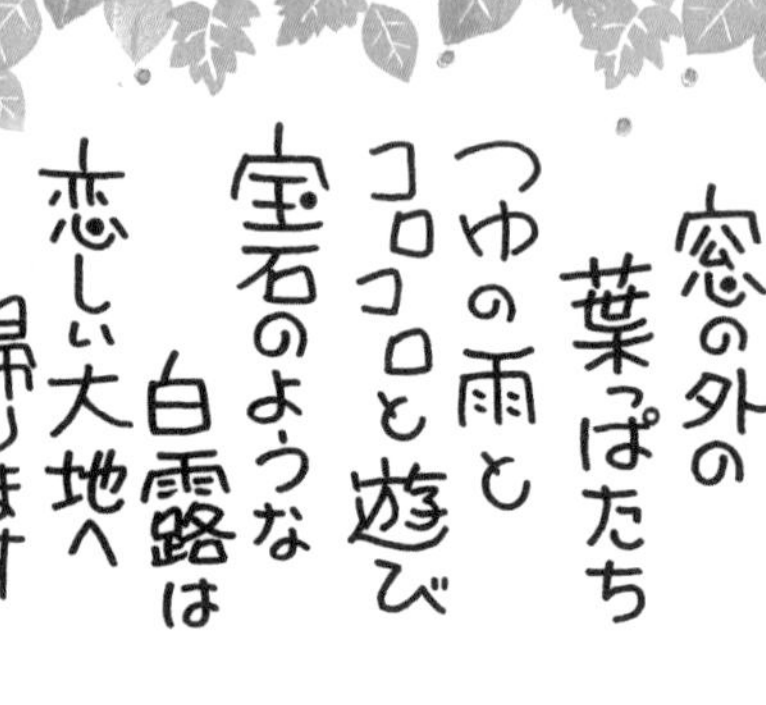

6月ですね。梅雨ですね。じめじめとしたはっきりしない天気が続く季節の入り口です。私は雨が苦手です。頭痛持ちなので、雨降りの前日あたりから何ともいえない嫌な頭の重さで憂鬱（ゆううつ）になってしまいます。ただ、確かに苦手ではありますが、決して雨が嫌いではありません。以前は嫌いでしたけど、最近嫌いだと思わなくなってきたのです。なぜ？

この時季は「足元の悪い中」とか「あいにくの天気」という挨拶が常套句（じょうとうく）です。確かに雨が降ると足元は悪くなりますよね。それは事実でしょう。しかし「あいにくの天気」という表現に、あるときふと違和感を覚えたのです。よってたかって、あいにくと言われてしまう雨がちょっぴりかわいそうに感じられたのです。

水不足のときは雨が降ってほしいと雨乞いまでし、降ってくる前は「恵みの雨」なのですが、望まないときに降る雨は「あいにくの雨」になります。人命を奪ってしまうような雨は「憎い雨」にもなってしまいます。本当の雨はどれなのでしょう？

雨は「雨」ですよね。私たち人間の解釈で、それは瞬時にいろいろな存在に変化するのです。つまり、雨には何の責任もない。もちろん災害級の雨に対しては、違う感情を私も持ちます。あくまでも日常の雨天へのごく自然な感情の話として聞いてくださいね。雨は一生懸命自分の意志で降っているだけ。それを迷惑か恵みか、勝手に解釈しているのは人間であることに気づくと、結局私たちの日常にも、同じような出来事がたくさん起きているように思えるのです。

素敵な人は、誰かが素敵だと思ってくれるから素敵なのです。嫌な人は誰かが嫌だと思うから嫌な人なのです。フィルターなしに見れば、私たちの周りに存在しているのは「人」であり、それがどんな人かを決めているのは私たちに他なりません。

皆さん、梅雨がやってきますよ。せっかくの梅雨ですから、梅雨の良さを見つけて味わってみませんか？　全ての出来事をそのように解釈する雰囲気が醸成されれば、私も皆さんも子どもたちも、口をついて出る悪口や攻撃的な言葉が、ちょっとずつ柔らかくなっていくかもしれませんね。窓から見える葉っぱに光る白露（しらつゆ）は、素敵な宝石なのです。

16 アイスクリームは温かい

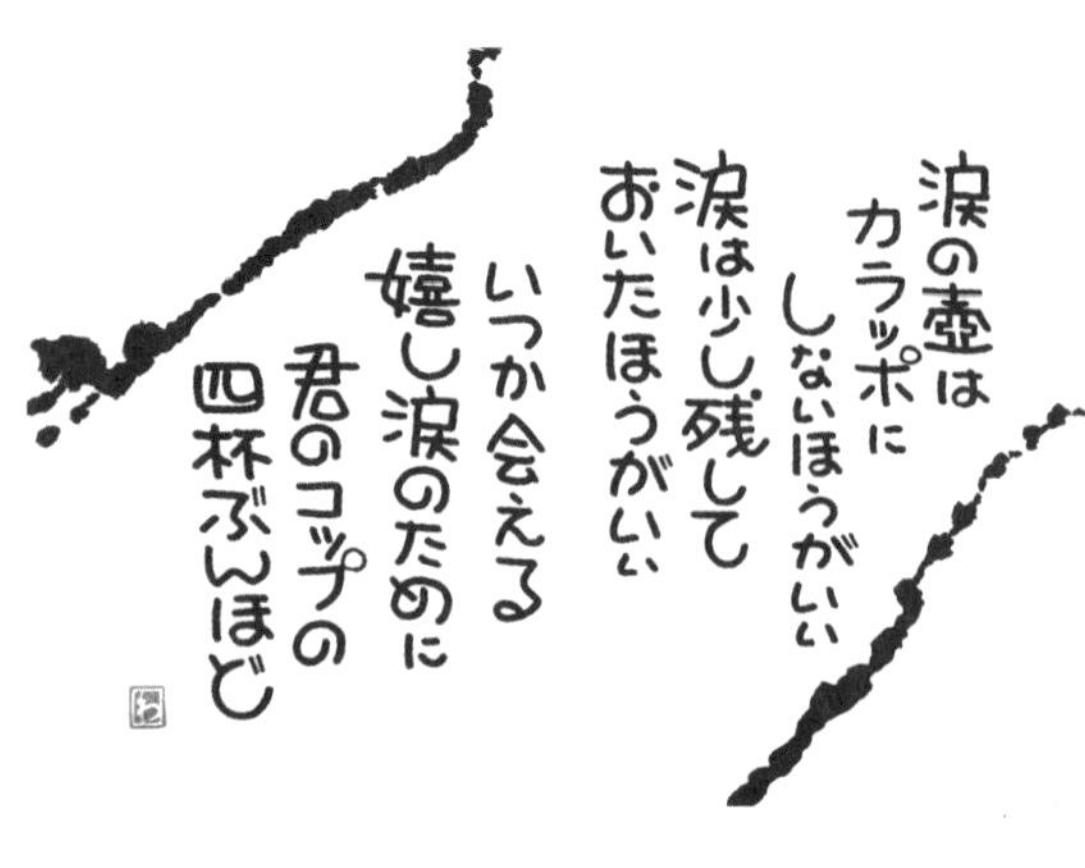

皆さんにとって温かい食べ物とは何ですか？今日は私にとっての「温かい食べ物」の話を聞いてください。亡き母との、思い出すだけでも涙があふれてしまう大切な思い出です。

私が幼稚園生の頃、自宅で留守番をしている私の耳に、車で販売する大好きな団子屋さんの音楽が聞こえてきました。昭和の古き良き風情ですね。そんなときのためにわが家ではタンスの中にほんの数十円を置いていました。私は急ぎそれを探したのですが見つからず、無念にも車は遠ざかって行ってしまいました。悲しかったぁ。私は母の職場に電話をかけ、「団子屋さんが行ったぁ！」と泣き叫んだそうです。するとその数十分後、息を切らした母が「団子屋さんおったよ！」と、高々と袋を掲げて帰ってきたのです。あの瞬間の母の満面の笑みが今でも脳裏にはっきりと焼きついています。わざわざ職場を抜け出し、団子屋さんを探して買ってきてくれたのでした。

そんな母が、8年前に亡くなるちょっと前の出来事です。すっかり衰弱した母が病室で「アイスクリームが食べたい」と声を出したのです。私はすぐに病院の売店に走りましたが、残念ながらそこにはアイスは置いてありませんでした。「お母さん、明日来るときに持ってくるね」と、私は病院を後にしました。が、後ろ髪が引かれて引かれて…そこでよみがえったのがあの記憶、団子の袋を掲げる母の笑顔だったのです。

私は迷わずコンビニでアイスクリームを買って急いで病室に戻り「アイスクリーム買ってきたよ！」と母に袋を高々と掲げました。一口だけそれを食べた母のあの嬉しそうな顔が忘れられません。思い出すだけで涙が流れてしまう、忘れられない小さな小さな親孝行の思い出です。お団子からアイスクリームへと親子の愛がつながった瞬間でした。

以来私にとってアイスクリームは親子の絆を深めた「温かい食べ物」です。この世に来世というものが本当にあるのならば、私は来世でも同じ両親の元に生まれて、もう少しまともな親孝行がしたいなぁ。いつかまた会えると信じて、母のもとに再び生まれた瞬間に力の限りに泣き叫ぶ嬉し涙のために、涙を少しだけ残しておこうと思っています。

17 空気?

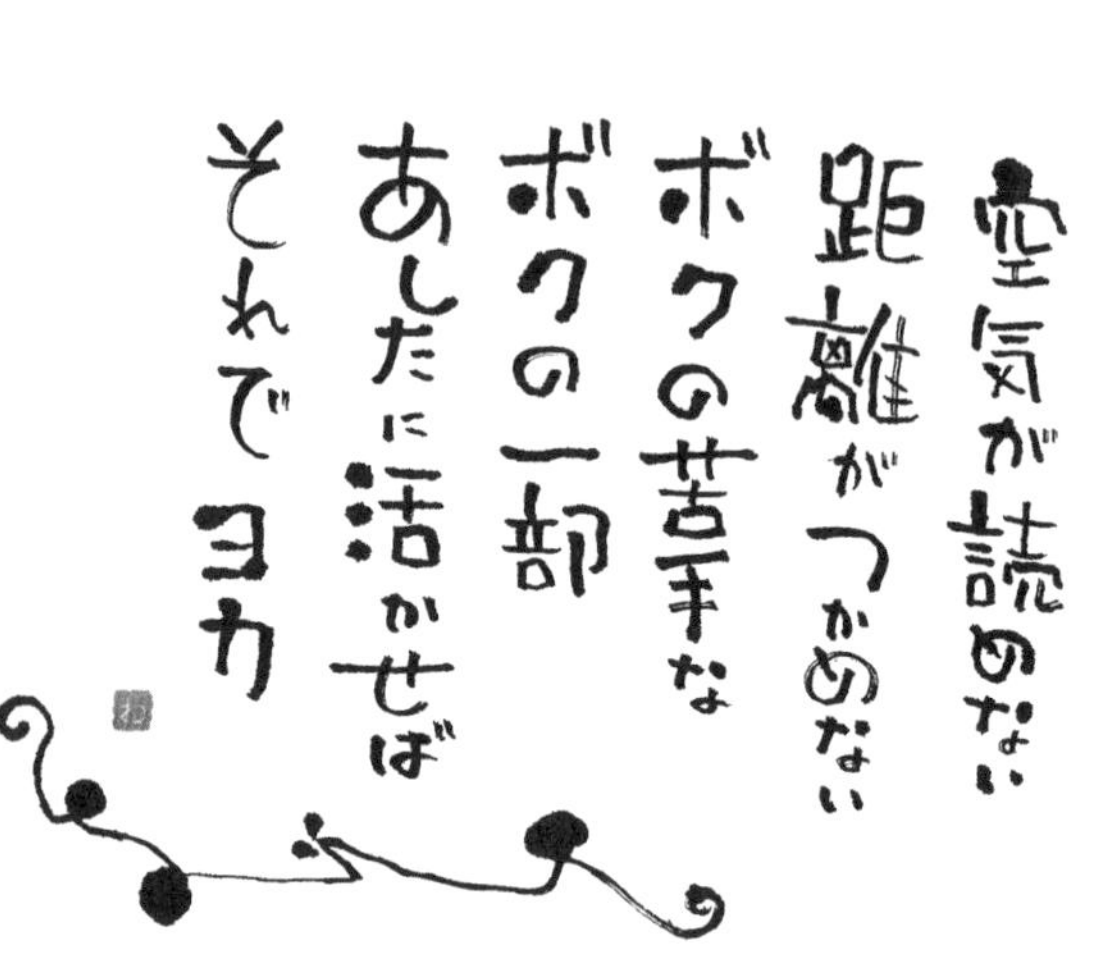

温かい飲み物と冷たい飲み物、どちらが優れていますか?と聞かれても返答に困りますよね。好き嫌いは分かれると思いますがどちらかが優れているというわけではないはず。

よく「空気を読め」と言われますよね。真意は分かるのですが、そもそも空気が読めないということは、本当に良くないことでしょうか。時には空気が読めない人のおかげで何かが動くこともあるということに私は日々感謝しています。空気が読めないことはダメなことだ、という思い込みを疑ってみませんか?

とあるショッピングモールでの出来事です。子牛のような、とにかく驚愕の大きさのワンちゃんが、飼い主さんと共にいました。行きかう人々も興味はあるのでしょうが「空気を読んで」遠巻きに見ているだけでした。そこに通りかかったのが本校の卒業生。彼は「空気が読めない」達人です。公衆の面前であるとか、全く気にすることなく、そのワンちゃんにニコニコと近づき「お座り！」と声をかけました。ワンちゃんは大喜びです。その体の大きさで勝手に誤解されていたのでしょうが、甘えん坊のとても人懐こいワンちゃんなのでした。するとそれをきっかけに、遠巻きに気にしていた人たちがいっきに集まってきて、とても和やかな輪ができたのです。飼い主さんも嬉しそうでした。

ね？　空気が読めない彼の素敵な存在が、みんなに笑顔を広げたのです。空気が読めないとさまざまなトラブルになると思い込んでいませんか？　空気が読めないからトラブルにならずに済むこともあれば、トラブルを収束させる空気の読めない一言もあるはずです。何事も、目の前の出来事を「マイナス」だと捉えている価値観はもったいないと思うのです。

空気が読める人のおかげで維持されること、読めない人のおかげで変化が起きること、どちらにも素敵な意味があります。空気が読めないとされている人は、空気が読めないことよりも、そのことで周囲の人から貼られる「レッテル」の方が苦しいのではないでしょうか。私もあなたも苦手もあれば得意もある。それだけの話です。苦手も得意も越えて、ひたむきにありたいものですね。みんな、そのままでよかやないですか。

18 パチパチパチ

私には姉弟げんかを一度もしたことがない姉が一人います。私には優しいそんな姉も、甥っ子姪っ子には途端に「鬼」になります。ある日の出来事です。小学生だった姪っ子に、姉がいつものように口から炎を出しながら「何時と思っているの！ 早く歯を磨きなさい！」と怒鳴っていました。どのご家庭でも、ごく日常の光景ではないですか？ 私は特に気に留めることもなくコーヒーを口に含みました。その瞬間です。

「早く磨きなさいって言ってるやろう…え！ もう磨いた？ もっとゆっくり磨きなさい！」

　あまりの笑劇に私はコーヒーを吹き出してしまいました。早く磨け！ ゆっくり磨け！ 一体どちらが正解なのでしょ

種から育てた 矢車草
毎日 愛(め)でる ひと花 ひと花
どの子もホメて あげなくちゃ
こんなに応えて くれているから・

う（汗）。指摘された姉も苦笑いをするしかありませんでした。

生まれた瞬間に、自力で歯が磨ける子など一人もいません。歯磨きに限った話ではなく、姉は姪っ子ができなかったことができるようになるたびに、大喜びしたのではないかと思うのです。ところがそれがいつの間にか「あたりまえ」にすり替わってしまい、もっと早く、もっと丁寧に、もっと美しくと、常に求めるばかりになってしまっていたように感じます。姪っ子は怒鳴られてよく泣いていました。

子育て中の方、目の前のお子さんを見てください。その子の今には、何一つあたりまえなどありません。その全ては、お子さんが親御さんの期待に応えて一生懸命「できるように努力した」とっても素晴らしい成果なのです。全てをほめてあげてよいのではないでしょうか。瞬きも寝返りも全てが愛しいと感じたあの瞬間から、お子さんはあれもこれもできるようになっています。すごいなぁ。その早さや美しさを、他人と比べる必要などありません。

でも、今日私が皆さんに伝えたいことは他にあります。その子がそれができるようになったのは、皆さんが「歯を磨きなさい！　お箸をちゃんと持ちなさい！　宿題しなさい！」と、一生懸命子育てと向き合ったからこそですよ。いきなり咲く花はありません。全部が種から育つのです。皆さんの日常こそ、もっともっとほめられてよいのです。

拍手、拍手！

19 〇〇がある！

鍋物がおいしい季節になってきましたね。皆さんは何鍋がお好きですか？　私はシンプルにもつ鍋が大好きです。ただし、鍋物の翌日は確実に体重が増加しています。

今日もどこかで

長い足が自慢のひとつ
出しゃばることは
苦手なもんで
鍋でわき役
やってます

by 長ネギ

何回か書いてきたことではありますが、私は体育系が大の苦手です。幼少期から一貫してぶれることなく体育系はてんでダメな人生を歩んできました。かといって勉強も取り立てて目立つこともなかった私にとって、「音楽」の存在が人生を拓（ひら）き、飾ってくれたのです。といっても、それを明確に人生設計として意図していたわけではなく、後で振り返って気づいたことです。

流行りのアニメや歌謡曲も好んでいま

したが、小学生の頃からクラシックの名曲レコードばかりを聴いていました。同世代の友人たちと比較すると、たいへん珍しい嗜好だったと思います。私の家にせっかく遊びに来てくれた友人も、ベートーヴェンばかりを聴かされていては、さぞ迷惑だったと思います。いつしか私は音楽だけを好み、一切の勉強をしなくなっていました。

よく聞くのが「これくらい勉強してくれたら…」という親御さんの愚痴です。部活は一生懸命なのに…マンガばっかり読んで勉強は全然しない…。いかがですか？　ところが、中学生の頃の私の担任の先生は、「お前には音楽がある！」とほめてくださったのです。音楽しかないと思っていた私には、まさに人生に光が差した瞬間でした。以来私の両親も、音楽だけには何の不自由もなく取り組める環境を醸成してくれたのでした。取り立てて才能に恵まれていたわけでもありません。ただ、私の好きなものを尊重してくれた両親のおかげで、私の人生は今につながっています。何か一つでも好むものと出合っていることは、ただそれだけで幸せだと痛感しています。それが親御さんの意図と違っていたとしても、子どもたちの人生は子どもたちのものなのです。

例えば鍋料理のネギ、長い足が自慢のネギでも、出しゃばりだとされてしまったら悲しいですよね。本人はわき役のつもりでも、長ネギの入っていない鍋物は私には物足りません。それしかできない役割でも、それこそができる役割なのです。大活躍の長ネギさんへの敬意を込めて。

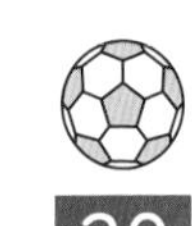

20 ハリネズミ

「期待通りに物事が運ぶ」って、実はとても珍しいことではないですか？　宝くじも当てたくて買い続けているのに、最高当選金額は３００円のまま。○億円当たったらどうしようという夢を見たまま年月は過ぎていきます。私は○億当たったら？と想像する時間が大好きです。夢は描くだけでも幸せですよね。

子育ても同じく。期待通りには運ばないものです。こうなってほしいという親御さんの願いとは裏腹に、子どもたちは子どもたちの思うようにしか育っていきません。そりゃそうです。私たちと彼らは違う人格なのですから。こちらの思惑通りにコントロールすることは、彼らの人格への冒瀆(ぼうとく)なのかもしれません。しかし、多少は長く生きている大人の感覚も

海のウニ　山の栗
つぶらな瞳のハリネズミ
傷つけたくて
尖っているんじゃないよ
傷つくのが恐いから
尖っているんだよ

大切です。良かれと思ってあれこれと子どもの人生に介入する大人たちの苦悩もまた、尊いものだと思います。どちらも美しいのです。

期待通りではないかもしれませんが、実は期待以上のものがキラッと光っているのかもしれませんよ。道端で突然倒れたご年配の女性の介抱にあたったことがあります。その女性に声をかける私の横を多くの人が通り抜けていきました。そんな中、たった一台わざわざ車を停めて「どうしたんですか！大丈夫ですか！」と走り寄って来てくれたのは、金髪ピアスの10代後半のとんがった若者2人でした。私は彼らと協力して救急車が来るまで女性を介抱し、お互いに握手をして別れました。

心優しい、とっても素敵な2人でした。口調はとがっていましたが、心根は本当に美しい彼らとの短い時間の交流がとても印象に残っています。私たちは彼らのどこを見ているのでしょうか。外見の乱れが心の乱れだというのは本当でしょうか？

本校にも髪に色をつけている子やピアスをつけている子もいます。単に自分の好きなファッションセンスを表現しているだけかもしれませんし、そうせざるを得ないような傷つきが過去にあったため防御しているのかもしれません。親御さんの期待には「学生らしい服装」が含まれるのかもしれませんが、内面はとっくに皆さんの期待を大きく超えているのかもしれません。決めつけがすぎない大人でありたいものです。

21

お互いさま

本校には「お互いさまコミュニティ」と名づけられた会議があります。本校の生徒さんと教師、地域の方が一堂に会す拡大会議が、もう7年も継続しています。「学校が地域のために」ではなく、かといって「地域が学校のために」でもない文字通り「お互いさま」のフィフティフィフティの関係が尊いと思っているのです。「出番を作り合える社会」とでも言うのでしょうか。関係性は常に一方通行ではないと思うのです。

例えば上から目線になりがちな教師。いやいや、生徒さんが「先生」と呼んでくれるから私たちは教師でいられるのです。飲食店とお客さまの関係もそう。「作ってやっている」「食べに来てやって

膝の上
戻ってきた猫の温もり
守っていたのは
私じゃなくて
私が守られて
暮していたんだなぁ

わ

いる」というように、どちらかが上から目線になってしまうと成り立ちません。常々、そこに相手がいてくれるおかげで一つの関係性は成り立つのです。

福の神と貧乏神は、2人の神様ではなく2人そろってはじめて1人の神様になられるのではないでしょうか。人は利益だけを求めたり、施しを受けることだけを求めたりしがちですが、利益も不利益も、施しをすることも受けることも、全て半々なのだと私はいつも考えています。

地域に学校の持つ「若い力」を活用していただくと、生徒さんたちは地域の方との交流の中で自信を深め、自己有用感を育んでいってくれます。逆に私たちは積極的に地域の方の力をお借りします。お互いの「出番」が交互に訪れることで、お互いの存在の尊さを実感し合えることにつながっていくのです。

子どもを抱きしめるとき、実は皆さんも子どもに抱きしめられています。誰かに理不尽な怒りをぶつけるときには、相手からも反発や反感が返ってきています。してやっているつもりでも、同じものが返ってくるのが世の常であり人生の不思議ではないでしょうか。もちろん見返りを期待して施しましょうという話ではありません。助け、助けられる社会の素敵なありさまを、いつも謙虚にありがたく感じていたいのです。

猫ちゃんを抱っこしてあげているつもりの私たち。でも、膝の上に感じる温もりに癒やされているのも、また私たち。猫ちゃんは「抱っこさせてあげている」のかもしれませんね（笑）。

22

ちょっぴり手前

ボクはね
幸せの
ちょっと
手前が
いちばん
スキ

以前にこのエッセイで、夢は叶えるためにあるのではなく、夢見るためにある、というような内容を書きました。夢なんて叶うわけがないというネガティブな話ではありません。もっと柔らかく穏やかに、夢見ることだけでも素敵だと思っているまでのことです。夢を叶えようと努力することの素晴らしさは生徒さんたちに説き続けていきたいと思っていますが、「夢を叶えられないのは君の努力が足らないからだ」というような間違ったメッセージにならないようにしたいものです。

さて、12月の喧騒を思い出してみましょう。11月末あたりから街中がクリスマスに染まっていきます。特に子どもたちは、その鮮やかなイルミネーションに心躍り、ウキウキとしていくものですよね。肝心のクリスマスそのものは1日だけ、イブまで合わせてもたった2日間のおかげで、どれだけ長い間ワクワク気分を味わえるのでしょう。何事も「直前」が私たちの気持ちをくすぐるものです。

ひょっとしたら、子育てもそうなのかもしれませんね。「目前」には充実感よりも不安感が、満足感よりも疲労感の方が強く感じられてしまうものです。だって先が見えないわけですから、自分が今行っていることが正しいのかどうか、誰にも分かりません。彼らの一挙手一投足が目について、イライラもするしハラハラもし続けると思います。

食べ物が目の前にあるときに「おいしそうだね」とワクワクしたいですよね。しかし、食べる前にネガティブな言葉ばかりにつつまれたら、せっかくの食べ物がおいしく食べられなくなってしまわないでしょうか。先の見えない不安は、先を夢見る期待感と全く同じものなのかもしれませんね。

もしこの先、皆さんの思い描く通りに彼らが人生を進んでくれたとしましょう（そうはいきませんが…）。全ての幸せが実現したとして、その先何を夢見ますか？　手に入れてしまったものが満足感を運んでくるのならば、私は満足感よりもそのちょっぴり手前のワクワクやドキドキを味わっていたいです。一番苦労している今こそが、一番幸せなのかもしれませんよ？

23 ウサギとカメ

辛抱強さというものは
表からは見えにくい
今にも折れそうな
心の中や
何も求めぬ
やさしさの中で
じっと
耐えているように
思えるのです

Wata

生徒さんたちと話をしているときに、それまでニコニコとしていた彼らの瞳に、突然涙があふれることがあります。全てがそうだとは限りませんが、本人が隠していたつもりの「核心」を不意に突かれたとき、急に涙が流れ出ることが多いようです。

悲しみや苦しみを隠そうとするのが人間の常。我慢こそ美徳だという価値観が極めて強いと思います。それが良いとか悪いとかではありません。目に見えるか見えないかの差は大きいです。例えばお医者さんと患者さんの場合、出血があれば治療が必要な傷がはっきり分かるのでしょうが、レントゲンやＭＲＩまで撮らなければ分からない病も多いはずです。ましてや私たち人間の精神は、そのような医療機器に写ることはありません。本人の口から真実が語られない限り、私たちは全て推測、つまり想像するしかないのです。

有名な『ウサギとカメ』の話。ウサギさんは油断して寝てしまう設定となっていますが、ひょっとしたらきつくて休んだのかもしれませんし、カメさんを待ってくれていたのかもしれません。ウサギさんは実は、今にも折れそうな心の中を悟られないように辛抱し続けて、じっと耐え抜いている最中にカメさんとの競走に臨んだのかもしれないのです。カメさんこそが辛抱強いという前提だけでは、大切な何かを見失ってしまいかねません。

「決めつけないこと」をいつも心がけています。見えていないこと、気づいていないことがたくさんあるのだと思うから。こうだよね？と押しつけるのではなく「どうしたの」「どうしたいの」「私に何ができるかな」という三つの柱を強く意識しています。そしてようやく彼らが表現してくれた「弱音」や「愚痴」を否定しないようにしています。そこをたったそれくらい！と押さえつけてしまったら、彼らがもう本音を語ってくれることはなくなるでしょう。

あっちの子と比べてうちの子は弱い、この子はお兄ちゃんほど優しくない…誰かとの比較に私はあまり意味を感じません。ウサギとカメはどちらも辛抱強いしどちらも優しいのでしょう。そこに個人差があるだけの話です。辛抱強さというものは、表からは見えにくいものなのです。

24 待ってるよ

待ってるよ
もうすぐ芽が出る
気がするよ

Wata

晩年の母はいろいろなことができなくなっていました。歩くのもおぼつかない、ご飯を食べるのにも一苦労。そんな姿は、息子の私にとってはただただ悲しい限りでした。しかしある日、「母には老いる権利がある」と気づいて以降、そんな母の姿を全て受け入れることができるようになり、それまで以上に目の前の一瞬一瞬が愛おしく感じられていきました。

　私たちは何もできない状態で生まれてきて、いつの間にかいろいろなことができるようになり、そしてやがて、できなくなって人生を終えていくのです。それがとても自然なことであり、できないというのは恥ずかしいことでも何でもないのです。

大人の我々は一番できることが多い状態だと言えるでしょう。できる人から見れば、他人のできないことにイライラすることがあるかもしれません。そんなとき、右上の詩を思い出してみませんか？「芽」は、必ず芽吹くとは限りません。しかし、芽吹こうとしている芽を踏みつぶすような言葉をかけてしまうと、芽吹く可能性はうんと薄れてしまいます。私たちは他の誰かをコントロールするべきでないと、私は常々自分を戒めています。自分自身と他の誰かはたとえ親子であろうが「別な人格」なのです。「待つこと」は「信じること」。「芽吹かせる」のではなく「芽吹きやすい環境をつくる」。この微妙な違いを意識しているつもりです。

芽は次々に芽吹こうとします。目の前の一つだけではありません。待ち続けて芽吹いて終わり、というわけでもないのですよね。このヤキモキとした気持ちを、私たちはずっと味わい続けていかなければならないのでしょう。芽吹いたら次の芽、また次の芽と、私たちはずっとホッとすることはないのかもしれませんね。いいえ。一つの小さな芽が芽吹くことをあたりまえと思わず、それがいかに素晴らしいことかを感じることができれば、毎日涙が出るほどの素敵な芽吹きに彩られていることに気づけるはずです。目の前の小さな幸せに皆さまと一緒に気づいていきたくてこの連載を楽しみにして参りました。今年度もたくさんのとまとさんのとまとさんの作品共々、ご愛読いただきありがとうございました。

ゴール

昨日（きのう）
一昨日（おととい）　一昨々日（さきおととい）
どのいち日も
戻ってこない
記おくに残したい
今日という日は
名前をつけて
しまっておきたい

Iwata

皆さん、こんにちは。私自身楽しみにしているこのコーナーを、今年度も継続することになりました。本当に嬉しいです。今年度は私の職場、某県某市の小高い丘の上にある某高校での四季折々を書き綴って参ります。わたなべとまとさんの素敵な詩共々、１年間よろしくお願いします。

４月といえば入学式。真新しい制服に身を包んだ新入生たちが期待と不安と共に新しいスタートを切り…と思い込んではいませんか？　私はそうは思いません。入学式はスタートという思い込みを、本校の生徒さんたちが良い意味で打ち壊してくれます。

本校と縁のある生徒さんたちは、そのほとんどがかつて「不登校」を経験しています。言うに言えぬ苦しみを親子共々経験してきたご家庭が、藁にもすがるような思いで本校の門を叩くのです。そんな彼らに毎年入学式で、壇上からこう呼びかけます。「入学式はゴールだよ。今まで本当によく頑張ったね。もう大丈夫だよ。遅刻する勇気、休む勇気、立ち止まる勇気を大切に、今まで頑張り抜いた自分を癒やしてあげてください」同じ境遇にあった子ども（親御さんもですね）が出会い、ようやく肩身の狭い思いをせずにすむ空間と出合った初日に、「さぁ、スタートだ！　頑張ろう！」と、どうして言うことができましょうか。ここから先の道は彼らが自分のペースで歩んでいくこと。私はそれよりも、ここまでの彼らの全てを無条件に抱きしめてあげたいのです。だから、本校の入学式は、それまでから解放されるゴールだと思っているのです。

本校が何か魔法を使っているわけではありません。ですから「大丈夫だよ」という言葉は、ひょっとしたら無責任なのかもしれません。もちろん、登校できることがゴールだとは思っていません。ただ、誰かの目を気にする必要がないことを「大丈夫」だと表現しているつもりです。そして彼らが、実はこれまでもたくさんの思いに包まれ支えられてきたことに気づき、感謝するようになっていってくれるならば、その日がそれぞれのスタートで良いと思っています。今日という日はそれまで頑張り抜いたからこそ迎えることができるゴールなのではないでしょうか。皆さんの頑張り、素敵ですね。

26

鯉のぼり

青空へ続く
長い坂道
君が背を押す
風になる
明日はボクが
追い風になり
君を押してのぼるんだ
未来へ向う
ボクらの滑走路に
その時々の風が吹く

わ

鯉のぼりの季節になりましたね。青空になびく姿に心も踊るような気持ちになりますが、5月病という言葉もあるくらい、5月は浮き沈みの激しい季節です。と言いつつ、浮き沈みが激しいのが人間の常。5月に限った話ではないと思っています。

さて、この「鯉のぼり」ですが、とても本質的なものを、目に見える形で見せてくれているのですよね。彼らが気持ちよさげになびくのは「逆風」のときなのです。飛行機の離陸もそう、逆風に対して滑走することで浮力を得るという原理と同じでしょう。逆風、つまり「向かい風」は、私たちの人生になくてはならないものなのです。

というような話を、ここでするつもりはありません。向かい風の真っただ中にいる人に「それはあなたの人生にとって大切な経験ですよ」とお声かけしても、気休めにしか感じられない方もいらっしゃるでしょう。苦難を乗り越えることを美徳だと言われても、それはなかなか受け入れられないものです。望まない向かい風は誰にとってもしんどい、というたってシンプルな話なのです。向かい風に立ち向かう気力がどうしても湧いてこないとき、思い切って背を向けてみませんか？　背を向けるだけで、向かってきていたはずの風が途端に追い風に変わるのです。立ち向かうことも勇気なら、それに背を向ける、つまり「逃げる勇気」もとても大切なのではないでしょうか。

この言葉、実は、本校の元生徒会長さんの発言なのです。彼は「学校に行くことは諦めても、生きることは諦めないで。不登校は生きるための勇気ある決断なんだ」と自分の言葉で力強く語りました。どれだけ多くの当事者が救われたことでしょう。

生きる勇気の中には、命を大切にするための逃げる勇気も含まれます。何かを諦めることを批判されがちな世の中ですが、命を危険にさらしてまで乗り越えなければならない逆風ならば、その命を守るために諦める勇気を持ちましょう。命とまではいかなくとも、私たちは毎日さまざまな風の中で生きています。全ての風を向かい風に感じるほど、頑張りすぎなくてよいと、私は私自身を穏やかに励ましています。校舎から見上げる5月の空に思うことでした。

27 記念日

君の笑顔は
日本一や
百ペン神様に
お祈りするより
一ペン君が
笑うほうが
う〜んと
楽になれるんや

Nata

言うまでもなく「挨拶」は大切ですよね。大人、特に教師は「社会に出たらまず挨拶だ！」と子どもをしつけます。もちろん私もそう思います。が、「挨拶をしなさい」と子どもを追い立てる構図に、最近とても違和感があるのです。私は決して挨拶をしなくてもいいと言っているわけではありません。「挨拶は大事だ」という基本的な教えが、いつしか「挨拶をさせる！」にすり替わってしまっていることを不自然に思うのです。

「場面緘黙症」という言葉を聞いたことがありますか？　詳細な説明は割愛しますが、本校では決して珍しい診断名ではありません。ある特定の場面では言葉を発することができなくなる疾患です。コミュニケーションが不得手な彼らにとって、「挨拶」はとてつもなく高いハードルです。彼らに「挨拶をしなさい！」などと詰め寄ろうものなら、それはもうとんでもないハラスメントに等しい行為になってしまいます。

場面緘黙症だと推測される男子生徒さんとの最近の出来事です。彼の疾患にどのような診断名がついているかは私には重要なことではありません。しかし彼がコミュニケーションが不得手で、挨拶がとても難しいことは入学以来しっかり理解してきました。毎朝彼には笑顔で挨拶をしますが、彼から挨拶が返ってきたことは一度もありません。それでいいのです。私の友愛の念が伝わっている証拠に、彼の表情はとてもリラックスしています。つまり私と彼のコミュニケーションは成立しているのです。

そんな彼に、いつものようにニコニコと手を振ったら、何と彼が手を振り返してくれたのです。いつも通りの憮然とした表情でしたが2年間強要することなく挨拶を続けた結果、彼の氷結した心がついにじわりと溶け出したのでしょう。思わぬ「挨拶記念日」となりました。

大人があたりまえだと思っている「挨拶」。それが苦手な子どもたちがいることを知っておいてください。彼らはそのままでいいのです。挨拶はできなくても、それをニコニコと受け入れてくれる理解者と出会えれば、彼らは安心して社会の中で生きていくことができます。そしていつの日か、その人なりの形で挨拶記念日が訪れるのかもしれません。

28 夢

勉強なんて
少々できんでも
ちょっとばかり
不器用でも
生きていることが
楽しけりゃ
それだけで
じゅうぶん

皆さんは、「高校生が入学時に描く夢」にどのようなものがあると想像されますか？　一般的には「勉強を頑張って○○大学に進学したい」「部活動でレギュラーをとって全国大会に出たい」などが代表的なものなのかもしれませんね。３年間はあっという間です。充実した高校生活を送りたいというのは、それだけでも素敵な想いですし、それを願う親御さんの想いもまた崇高です。

本校の生徒さんたちも、同じようにそれぞれの夢を描いて入学してきます。しかし、かつて不登校を経験した彼らの描く夢の中には、思わず目頭が熱くなるような「ならでは」の夢が見受けられます。

「友達と一緒に帰る、ということを経験してみたい」。2年生の男子生徒さんが入学に際し掲げた夢です。思わず私は涙がこぼれました。この夢に「何の変哲もない」「もっと大きな夢を描いて」などという声かけがどうしてできるものでしょうか。ささやかなれど彼にとっては壮大な夢だったのでしょう。私たちが「あたりまえ」と思っていることは、実はあたりまえでも何でもなく、そのことが既に素晴らしいことだと思うのです。はたして彼は、今はそれこそ「あたりまえ」のように友人たちと楽しそうに登下校しています。きっとその瞬間の幸福をかみしめていることでしょう。

「制服のシャツを洗濯してみたい」。あるお母さまの夢です。毎日の洗濯は大変ですよね。でもその大変なことが幸せだと夢に描く方もいらっしゃるのです。入学試験のときには真っ白な靴が目立ちました。靴を使っていない、つまり登校ができていないのでしょう。制服や靴ひとつとっても、そこにはさまざまなドラマがあります。最後に一番ホットな出来事をひとつ。

この原稿を書く前日の出来事です。ある生徒さんが泣きながら校長室に入ってきました。「友達とけんかをした」とのこと。それが嬉しくて泣いていたのです。けんかができる相手がいる幸せが身に染みたそうです。高校生活の夢は彼らの聖域です。私たちがどうこう評価するものではありません。夢は叶えるためになくても、夢見るだけでも幸せなのかもしれません。

29

主役

今
そこにある
見落としそうな
幸せに
気づいたひとが
いちばん
幸せもん

私が学生だった頃は秋の体育大会が一般的でした。運動が苦手だった私には決して好きな行事ではなく、徒競走前の緊張などはっきり覚えていますし、母が作ってくれたお弁当も懐かしく思い出されます。

不登校経験者が多く通う本校では、長い間体育大会がなくなっていました。集団行動が極度に苦手な生徒さんたちにとって、一般的な体育大会のスタイルは精神的な負担が大きかったのでしょう。それを自分たちで話し合い、新しいスタイルの体育大会を復活させ十数年が過ぎようとしています。入場行進もなければ大声を出すことも強制されない、ゆるいゆるい体育大会です。決してそれこそが良い！と言っているわけではありませんよ。さまざまなスタイルがあっていいとは思いますが、従来型を全否定するつもりもありません。

終始和やかな雰囲気で進む体育大会で、同じ生徒さんが何度も競技に出場したり、エントリーしていた競技を直前でキャンセルしたりは日常茶飯事。それをとがめることはしません。出たいと思っている生徒さんに出場の機会がないことは避けるべきですが、出たくないと思う生徒さんに強制することはありません。では、そのように出番のない生徒さんたちには、この行事は不必要なのでしょうか？

数年前にある生徒さんが私に話してくれました。彼女が出場した種目はゼロでした。友人たちの様子を見守るだけだったのですが、感想は「とても楽しかった」のだそうです。理由は「友達が楽しそうにしている表情を見るのが楽しい」と、その子もまたとても穏やかな笑顔で語ってくれたのです。胸が熱くなりました。

一致団結・心ひとつに、といった情意的な言葉が日本人は大好きです。私もその一人です。しかし私は、大勢が同じであることを強要するのではなく、各々のスタイルが尊重されるおおらかな空間をイメージしています。大人たちの「こうあるべき」という思い込みが、子どもたちを成長もさせるし、時には大きく傷つけもします。一人ひとりがそれぞれの楽しみ方で楽しく過ごせる本校の体育大会が近づいてきました。足が速い人や大きな声の人の活躍も、そっと拍手を送る穏やかな笑顔も、みんなが主役なのだと思います。

30 秋

色づく秋に
心が燃える
情熱という
温もりだけで
冬を越えそうな
気がした
握りこぶしの中で
みつけたものは
生まれたばかりの
やわらかな自信

私は最近、四季のスタートは秋なのではと思うようになりました。何となく日本人の持つ一般的な四季の感覚は「スタートの春↓盛夏を迎え↓散りゆく秋を迎え↓厳しい冬を耐えて春を待つ」というようなものだと思います。私もその一人なのですが、本校の生徒さんたちとの会話の中からは違った感覚が感じられるのです。

周囲のスタート時期である春は、彼らにはとてもプレッシャーがかかります。みんながそうするから、という主体的とはいいがたいルーティンが、彼らをとても苦しめるのです。これは本校の生徒さんだけに限った話ではないかもしれません。「みんなが高校に行くから」。それを「あたりまえ」だとする価値観の中で中学校卒業後の進路として高校生活を選択する人は多

いのではないでしょうか。そのあたりまえがどんなに厳しく難しいことかを実感している本校の生徒さんたちは、春はスタートではなくゴールの意味合いを持つのです。

そして夏。周りが生き生きと燃え盛る命を太陽に照らすこの時期に、本校の生徒さんたちはスタートのエネルギーをため込んでいるように感じます。ようやく意欲と現実が伴い、あるいはそのギャップが感じられたときに、自分のはっきりとした意志で何かを始めようという意欲がともるのが夏の時期であるように感じます。

万物が次の季節に備えて燃え盛った命を燃やし切って、紅葉となって散りゆく秋に、彼らはようやく真の意味でのスタートを切ろうとしているのです。勉強しよう、高校生活でこれを楽しもうという、各々(おのおの)が描く学校生活が生き生きと輝き始めます。

冬は決して耐え抜く季節ではありません。多くの人の小さな温もりにとても心温まる、心が躍る季節でもあるのです。小さな愛を大きく感じられる本校の生徒さんたちの豊かな感性は、一般的な四季の感覚とはちょっぴり違うルーティンを刻んでいます。

本校のある生徒さんが言いました。「自分がよしっ！と思い立ったその日がスタートでいいよね」。何と深い言葉でしょう。そもそも私たちのスタートも子どもたちのスタートも、誰かの「あたりまえ」に左右される必要はないのです。私は秋には切なさより爆発的なスタートのエネルギーを感じます。そんな季節が大好きです。

31 猫

本校は猫の保護活動に取り組んでいます。校内に保護ハウスを建て、このままでは殺処分になる運命の猫ちゃんを保護し、飼い主さんを探して幸せな毎日を送ってもらえるよう、生徒さんたちが懸命に活動しています。とても意義のある活動で「命のつなぎ方」という授業も始めました。

　きっかけは、登校中に捨て猫を拾ってきた生徒さんの優しさでした。「子猫を拾いました、どうしましょう」。このささいな、しかし大きな出来事から、全国的に見ても大変稀有な本校ならではの保護活動がスタートしたのです。地域の方のご厚意で廃材を集め、ボランティアで猫ハウスを作っていただき、何とか世話

猫にしっぽがあるけれど
私にしっぽはありません
猫はジャンプがうまいけれど
私は高くとべません
子猫とわたし
帰るおうちが一緒なら
今日から家族になれるのに

をして飼い主さんを探しました。これを機に生徒さんたちが猫ちゃんを拾ってくるようになり、開始以来24匹の猫ちゃん（プラス犬2頭）が、幸せな家族として本校を卒業しました。
　社会は時として、本来大切なものが簡単に逆転してしまいます。捨て猫であろうが地域猫であろうが、同じ命です。道端で人間の子どもが土にまみれて泣いていたら大変なことになります。しかしそれが猫ちゃんだと、ついついその横を素通りしてしまいかねないのです。仕方がありません。猫ちゃんを飼えない環境の方にとっては、どうしようもない場面なのです。しかし本校は、「一番大切なことを貫こう」と決意しました。一番大切なのは「命」です。その命を守り、つなぐ手段を、知恵を出し合って創出しています。大切なことは揺らいではならないのです。本校の生徒さんたちには迷うことなく、消えかけている命を守る心を持ってほしいと願っています。課題は山積みです。猫アレルギーの生徒さんもいますし、活動維持には出費もかさみます。だからこそ「できない」ではなく「できる方法」を模索しているのです。
　最近気づきました。猫ちゃんを守っているつもりが、実は猫ちゃんが生徒さんを守ってくれています。生徒さんたちを信頼し、かわいい声で甘えてくる姿に、どれほど大切なことを学ばせてくれているのか、猫語しか話せない歴代の猫先生たちへの感謝と敬愛の念が深まるばかりです。命に大小も上下もありません。抱きしめる猫ちゃんたちから抱きしめてもらっているのは生徒さんたちなのです。

32

孤独

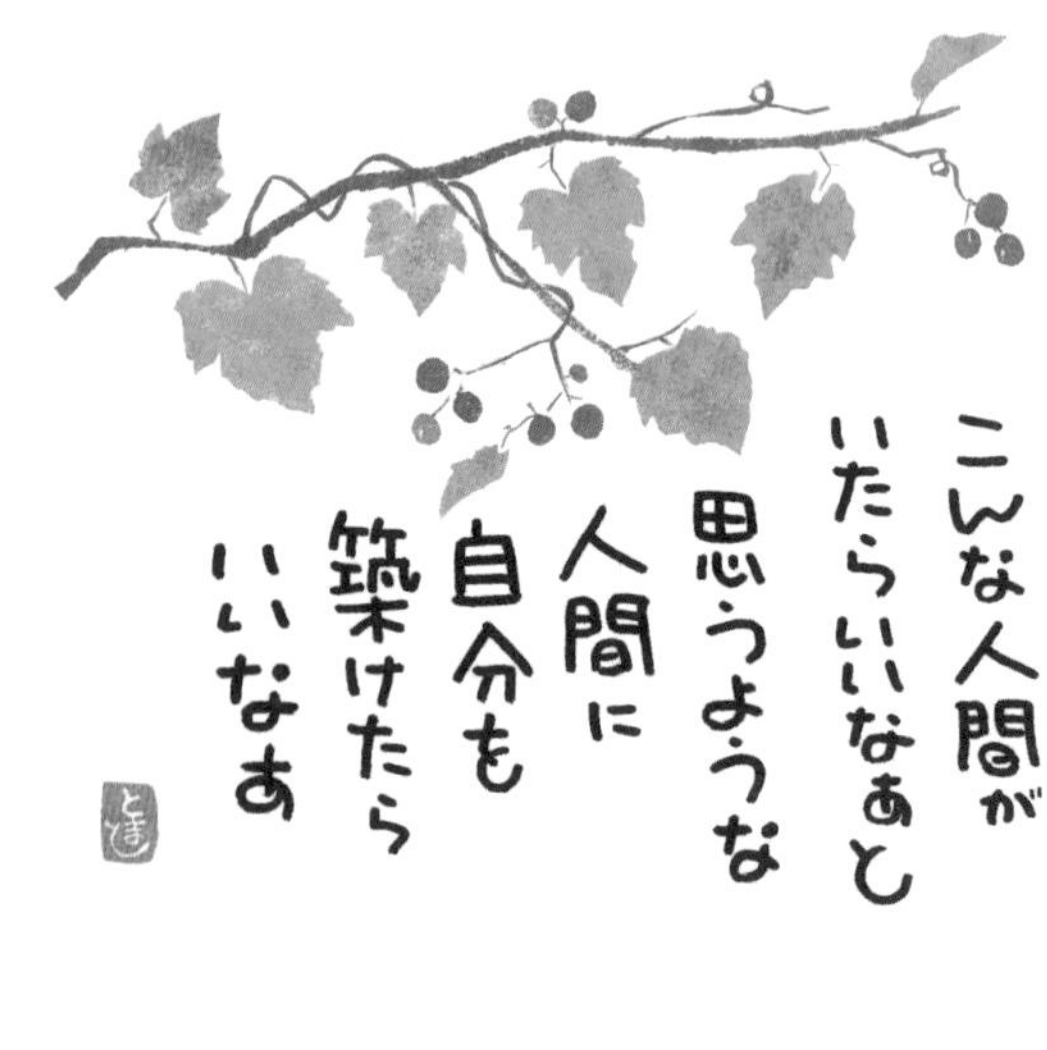

本校の最上階には、眼下に海が広がる絶景の「展望ラウンジ」なるスペースがあります。いつでも、誰にとっても、無条件に「癒やし」を与えてくれる本校自慢の空間です。生徒さんたちもよくこの場所でたたずんでいます。それがたとえ授業中であったとしても、ここで過ごす生徒さんたちが怒られることはありません。常に元気いっぱいな状態がずっと続くのであれば、癒やしや休息は必要ありません。そこが必要だから生徒さんはそこを使う選択をするのです。それを本校では無条件に認めています。

円卓を囲んで生徒さんたちが談笑しています。窓に向かって設置してある椅子もあり、窓越しに景色を眺めながら、あるいはリクライニングシートで横になって、一人ぼっちの時間を過ごしています。この「一人ぼっち」、言い換えると「孤独」を、皆さんは決して良いイメージでは捉えていないのではないでしょうか。一人でいる子どもの手を引いて、集団の中に戻そうとする光景を、特に学校という空間ではよく見かけます。

この展望ラウンジを設計した当時の3年生の生徒さんが語ってくれた言葉を紹介します。「円卓ばかりにしたら、常に友達と笑顔で話さんといけんのよね。でも、どうしても笑顔がしんどい時もあるやん。だから窓に向かって一人になれるような配置にしたけんね」。ハッとさせられました。大人だって一人になりたい瞬間はあります。一人になることも、私たちの大切な意志、権利なのです。ただ「孤立」は良くないと思います。誰の目も届かない、誰にも声が届かないことは避けるべきです。一人でいる人が「みんなのところに自分も入りたい」と願うのであれば、手を差しのべることが必要だと思います。無理やり手を引っ張るのではなく、立ち上がりたいと思った時につかめる手があるかどうか。私はそれを「伴走型支援」と呼んでいます。必要な支援が何なのかは、大人が勝手に決めつけるものではありません。

私は自分の孤独を邪魔されたくはありません。しかし孤立してしんどい時は誰かに助けてほしいと願うはずです。声に出せない声に耳を傾けてくれる人が近くにいてくれれば、それはとても安心できることですよね。そんな人に私もなりたいです。

33 おにぎり

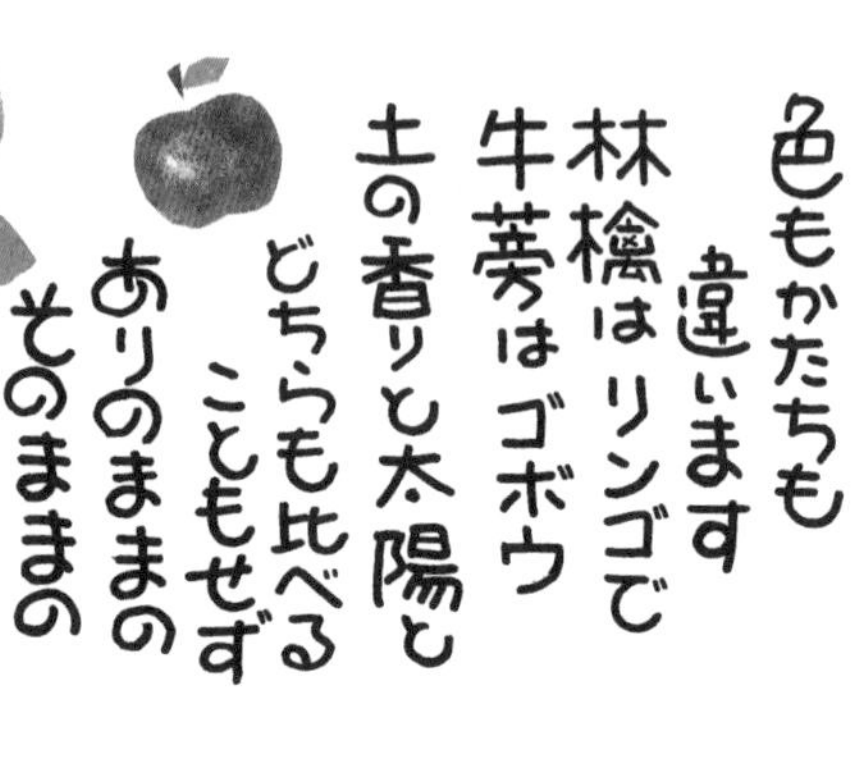

先日の出来事です。生徒さんたち15人を引率して、フリースクールへボランティアに行って参りました。子どもたちと一緒に遊んだり勉強をしたり、それぞれ自分でやりたい役割を選んで一日楽しく活動したのですが、その中に「昼食の準備のお手伝い」がありました。そしてそこにいち早く立候補したのが、金髪にピアスの男子生徒さん2人でした。

炊き立てのご飯を「熱い熱い」と連呼しながら、一生懸命慣れない手つきでおにぎりにしていきます。あまりに不器用な手つきだけど、とても楽しそうな姿が愛おしく、そんな姿にいつしか私の涙腺がうるうると…。そしてため込んだ涙が一気に流れ出てしまったのです。

なぜなら、彼らが必死に作り上げたおにぎりが、あまりに不揃いで滑稽すぎて。大きさももちろんバラバラですが、形も同じものが一つとしてないほど、見事なまでのバラバラ感。中にはおにぎりの形を成さずに、早くも崩れかけているものも。美しく完成するに越したことはないのでしょうが、そのあまりの不揃いさに、逆に彼ら2人の一生懸命さが凝縮されているようで、感動の涙があふれてしまったのでした。

よくよく考えると、これこそがとても理想的な完成形では？　なぜならば、そのおにぎりを食べる対象は、小学校低学年の子どもたちから高校生、大人たちまでと、年齢層がバラバラ。いや、たとえ同世代だけでも、食欲や食べっぷりが違うことの方がはるかにあたりまえ。それに対して、同じサイズのおにぎりを用意する方がよほど不自然なように感じたのでした。この不揃いさこそが、実はさまざまなニーズに合致しているのです。

規格品が悪いと言っているのではありません。「そろえること」も「そろえないこと」も相応の意味があるのです。多様性という言葉が独り歩きしていますが「違う」という前提は、こんな身近でも感じることができるのです。とても素敵な昼下がりでした。こんなに貴重な気づきができる活動を「ボランティア」と軽々しく口にしてしまった自分を反省しました。アクションを起こせば何か学び得ることができるのですから。私たちは常に「お互いさま」のコミュニティの中で生きているのですよね。

34 手をつなぐ

先日、生徒さんたちと一緒にある福祉施設の職員研修に参加しました。「生徒さんの生の声を聞きたい」という熱いご依頼を受け呼びかけたところ、３名が立候補してくれたのです。このような際に、本校では生徒さんを選抜することはしませんし、発表の内容を細かくチェックすることもしません。大人の意図が介入した瞬間、それは生徒さんの生の声ではなくなるからです。生徒さんたちの意志は聖域なのです。

今回参加してくれた一人の女子生徒さんは、決して人前で話をすることが得意ではありません。立候補にはそれぞれの「想い」があるのです。この女子生徒さんは、挑戦してみたい気持ちと、自分の経験を誰かに伝えたい、誰かの勇気にな

あなたの手は
魔法の手
ぎゅっとつないだ温もりは
どんな励ましよりも
嬉しくて
夏でもないのに
心にひまわり

りたい、と決意をして手を挙げてくれたのでした。

いざ人前に出ると、相当な緊張だったようです。それはそうでしょう。知らない人たちの前で自分の想いを語る、質問に答えるというのは大人の私たちにとっても簡単なことではありません。彼女は引率の女性教諭を自分の横に呼び寄せ、ぐっと先生の手を握ったのです。先生もその手を優しく握り返し背中をさすっていました。それは決して励ましているのではなく、彼女の緊張する気持ちに「よしよし」と共感しているように見えました。「ほら、頑張って話しなさい」という空気は全く感じられなかったのです。その温もりをうけ、彼女は立派に話し切りました。そして最後に一言と促された彼女はこう言いました。「話せるか不安だったけど、こうやって先生がずっと手をつないでくれていて…周りの環境って大事だなぁと改めて思いました。私みたいに一人じゃやっていけないような人がいた時には、Ｎちゃん（先生）みたいに手を差し伸べてくれる人が増えたらいいなぁと思います」

私たちは「自立」の意味を少し捉え違いしているのかもしれません。「何でも一人でできるように」という思いで子どもたちに接しますが、「誰かと支え合って生きていくこと」を子どもたちと共に学び合っていきたいと、私自身涙を流しながら強く誓いました。ＳＯＳが出せる勇気は、歯を食いしばって困難を乗り越える強さと同じくらい大切ですよね。会場に何ともいえない笑顔と涙が広がった、とてものどかな休日の出来事でした。

35 非常口

乗り越えられそうもない
不安や困難に
背を向けたのは
弱さに負けたんじゃない
未来の自分が
今日より強くなるために
勇気を絞って
非常口の扉を
開けたのです

私は「直感」を大事にしています。もちろん「根拠」も大切ですが、自分の判断に根拠を求めすぎると決断が遅れます。かといって何もかも直感で決断するわけではありません。人は考えぬいて悩みぬいて決断に至っているのですよね。迷った時に何かを決めることは本当に難しい行為です。

先日本校は、数日間臨時休校の措置を取りました。ある日ふと生徒さんたちと先生方がとても疲れているように感じたのです。直感以外の何物でもありません。日常的な疲れは乗り越えるべきものなのでしょうが、あの日に感じた疲れは、直感的に放っておくべきではないレベルだと思ったのです。

根拠もなく授業時数を減らすことは許されませ

ん。しかし、そのあらねばならない形を変えてでも守らなければならないものは確かに存在します。それは生徒さんたちの心身の安心安全であり、先生方の健康でもあるのです。両肩にずしんと疲労感を背負ったままで、受けなければならない授業を課すことに私は教育の本質を見出すことができません。命の安全を脅かす事態になる前に、「お休み」という「非常口」の存在が大切だと直感したのでした。

生徒さんたちの反応はさまざまでした。学校が大好きな生徒さんや、進路実現に向けてのラストスパートの渦中にある3年生には特に申し訳ないことをしてしまったと反省しています。そんな中、休校を決断した後にたくさんの生徒さんが校長室や職員室を訪ねて、「校長ちゃん、思い切った決断をありがとう。助かったぁ」「うちたちだけじゃなく、先生たちにもゆっくり休んでもらってね」と声をかけてくれていました。涙が出る思いでした。常に誰かを思いやる心優しい生徒さんばかり。だからいろいろな人たちの気持ちを受け入れすぎて、共に疲れ果ててしまう一面もあるのでしょう。

非常口のない空間で安心して過ごすことはできません。でもいざという時にその存在があれば、その空間で過ごす安心感は格段に向上します。私は今の学校（社会）には、非常口が大切だと思っています。依存先や逃げ場所を見つけることは、時に「歯を食いしばって頑張る」ことを超越した生きるための力強い決断なのかもしれません。

36 よかよか

気楽に行こうよ
なんとかなるさ
君はそのままの君でいい
みんなと違っていてもいいんだよ
ほんの少し協調性を持って
あとはのびのびしたらいい
そんな君も素敵じゃないか

とまと

3年間35回にわたってとまとさんとのコンビで続けて参りましたこの連載も、今日この36回目をもって終了ということになります。この誌面を通して皆さんとお会いできたこと、とまとさんの作品をお届けできたことは、無上の喜びでした。

本校の生徒さんたちに常に常に言い続けていること、それは「そのままでよか」ということです。高校生らしくとか○○高校らしくという発想は、言ってみれば「型枠」です。その形が社会という全体形の中で必要だから、その枠の中に自ら入らなければなりません。私の考えは逆です。「らしさ」にこだわるならば、あなたらしさにこだわってほしいと思うのです。別に同じ型枠ばかりでなくても意味があると思うのです。

過去にも書いたことではありますが、違う型枠こそが素晴らしいと言っているのではありません。そろった型枠もまた同じように素晴らしいのです。つまり全ての存在が同じように尊いということに気づいてほしいのです。「ねばらならない」からの脱却は、自他の存在を無条件に尊重し合える感覚の礎になると信じています。「同じ」と「違う」という立場に分けてしまうと、境界線を挟んで異なる対極になってしまいます。での「そのままでよか」には、そもそもそんな立場の違いはありません。少々哲学的になってしまいましたね（笑）。

このコラムは、皆さんの日常の中の喧噪や苦悩、葛藤からほんの一瞬逃げることができる空間であってほしいと願い続けてきました。もっと頑張れ、もっとこうしなさいと言われ続けたら、もともと頑張れるはずのことも頑張れなくなってしまいそうです。それを乗り超えていく強さも、逃げ出したくなる弱さも、どっちもあってよかやないですか。

私も皆さんも、皆さんにつながる愛しい方々も、今この一瞬を懸命に生きています。みんな「そのままでよか」じゃないですか。皆さんを抱きしめるような気持ちで書き続けた36回の原稿を、これからは皆さんの中でエンドレスで大切に育んでくださいね。誰よりも愛おしく抱きしめてくれるのは、自分自身です。とまとさんの作品共々、3年間本当にありがとうございました。皆さん、「それでよかよか♥」またどこかで。

校長ちゃん物語

聞き手
中村堂編集部

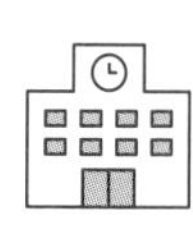

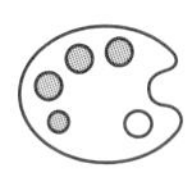

校長ちゃんは、１９６７年（昭和42年）に生まれました。

●お父さんのこと

お父さんは、知覧特攻隊の一員でした。１９４５年6月に出陣が予定されていましたが、訓練時の着陸トラブルでケガをしたため9月に延期されましたが、8月に戦争が終わり、出陣することのないまま戦後を迎えました

お父さんについて、校長ちゃんに語ってもらいました。

私が高校3年生の時、定期試験で最下位の番数をとったことがあります。1番を取るのも相当難しいのでしょうが、最下位もなかなか難しいもの。それまでテストの成績をあれこれ言われたことはありませんでしたが、今回ばかりは父に厳しく叱られるだろうと覚悟しました。

私の父は知覧の特攻隊の生き残りです。同じ兵学校を卒業して知覧に配属になった同期兵は4名。その中で生き残ったのは父一人だけでした。生き残ってしまった後ろめたさからか、それ以降の父は荒れに荒れたそうで、大変に気性の激しい人でした。家族中がピリピリしていたものです。そんな気性の荒い父でしたが、私に対してはよほどのことがない

限りは、あれこれ細かいことを言うことはありませんでした。とは言え今回ばかりは…ものすごく恐怖でした。

当時の私の学校は、テスト結果は郵送でした。私に残された道は一つ「おやじより先に郵送の成績を受け取って燃やす」。これしかないという状況まで追い込まれていました。悪事はうまくいかないもの。その日に限って父が在宅だったのも運命のいたずらでしょうか。郵便配達のバイクの音に気づいて外に飛び出したら、父が成績表を開封するまさにその瞬間でした。絶体絶命です。果たして、最下位の番数を目にした父はただ一言、

「よしよし！　ひっくり返したら一番じゃ！」

とだけ声をかけて黙りこくってしまいました。さぞ腹が立ったことでしょう。それでも父は決して私を叱ることはありませんでした。「両親を喜ばせたい！」と、火が着いたように勉強を始めたのはその日の夜でした。どんなに口うるさい叱咤激励より、たった一回の父の優しさの方が、私にはうんと響いたのでした。

そんな父が亡くなる寸前、母に、

「あの時のおでんが忘れられん」

と言ったそうです。私が小学5年生の頃、初めて川向こうまでの遠出を許された私はお小遣いに100円を持たせてもらい颯爽と出ていきました。両親共に心配でたまらなかっ

たことでしょう。その日の夕方、首を長くして私の帰りを待つ父の目に飛び込んできたのは、なけなしの１００円を使って父へのおみやげにおでんを買ってきた私の姿だったのでした。もはやきんきんに冷え切ってしまったおでんでしたが、父はその時の心境を亡くなる寸前に語るほど大切に覚えてくれていたのでした。

私の中に根づくこんな何気ない思い出の一つ一つが、教育者としての私の基盤の全てなのです。冷え切ったおでんも、この本に掲載したアイスクリームのことも、私には両親との思い出をつなぐ温かい食べ物です。学校教育はとかく「かくあるべき」に縛られ、目の前の子どもではなく、将来の立派な大人の姿を求めようとします。しかし、教育者としてはあまりに拙い私ごときには、将来の彼らの姿を思い描く余裕すらありません。今の彼らを全力で受容し、共感し、理解する中で、彼らが自力で育つそのお手伝いをするだけで精一杯です。どんな子どもにも、目に見えないたくさんの愛が注がれています。その想像力なくして、目の前の一人を、その人格を尊重することはできません。私は温かい人間でありたいです。

厳しくも優しい、「昭和の親父」の姿が目に浮かんでくると共に、教育者としての校長ちゃんの原点を垣間見ることができます。

●お母さんのこと

そんなお父さんと共に、子どもたちを温かく見守ってくれたお母さんについてのエピソードが本書の中には書かれています。「修学旅行」にまつわる思い出は、「11 インスタント」（本書p．28・29）に、「お団子」や「アイスクリーム」についての思い出は「16 アイスクリームは温かい」（本書p．38・39）に書かれています。

お母さんと過ごした日々を振り返り、校長ちゃんは、次のように語っています。

> 私は今でも、本当に苦しい時には仏壇の母に手を合わせます。逆にとても良いことがあった時にも、仏壇の母に喜んでそれを報告します。喜怒哀楽の全てを、今は亡き母と分かち合い続けています。生前の母には親孝行らしいことは何一つすることはできませんでした。それでも今この瞬間、私が私の人生を懸命に生きている実感と共にある時に、亡き母に最高の親孝行ができていると思えるようになりました。姿かたちが見えなくとも、親心は一生消えるものではありません。私に注がれたたくさんの愛を思う時、私は今を大切に生きようという気力が沸き上がります。母のおかげで頑張れます。

当時を振り返って、「昭和40年代の『ザ・日本の家庭』」のような家だったと校長ちゃんは言います。

●ばあちゃんのこと

両親が共働きでしたので、校長ちゃんは、生後40日から「ばあちゃん」に育てられました。そのばあちゃんについて、校長ちゃんは次のように語られました。

私の自慢のばあちゃんについて話します。ばあちゃんは、戸籍上の祖母ではありません。私の両親は共働きでしたので、私は生後40日から親戚関係でも何でもない方に預けられ、育てられました。その方のことを、私は「ばあちゃん」と呼んでいます。私にとって自慢のばあちゃんです。

ただ、小さい頃の話ですので、細かい記憶があるわけではありません。だからこそ、一つ一つのエピソードを超えて「愛してもらっていた」その温かい感覚だけがより深く刻まれています。

生まれて初めて遊園地に連れて行ってくれたこと、その帰りに行きつけのラーメン屋さんで小さいお椀に私の分を取り分けてくれたこと、幼稚園の参観日にばあちゃんが来てくれた姿を見つけた私が「ばあちゃんが来た！」と大声で叫んだこと、いずれも懐かしい思い出です。そんな中でも、幼稚園の運動会で、ばあちゃんがぬいつけてくれた手拭いが股の間からひらひらと風に舞い、まるで「ふんどし」がなびいているようで、運動場中の爆笑を一心に集めた場面は格段の思い出です。そんなばあちゃんが、一度だけある出来事を通して私の母をいさめたことがあるそうです。

ある日ばあちゃんが私に、

「お菓子を買ってあげる」

と言ったそうです。すると私は、

「お母さんには言わんでね」

と懇願したそうです。人様に物をねだるなと言う母の躾が気になりつつ、お菓子はやはりほしかったのでしょうね。するとばあちゃんは母にこう言ったそうです。

「奥さんはあの子にどんなふうに育ってほしいと？　立派な大人に育てようとしすぎて、あの子は子どもらしさを失ってはいないね？」

ばあちゃんが思うに、お菓子を買ってあげると言われた際の子どもの仕事は、「わ～い、わ～い」と喜ぶことだと、それなのに私は、母の教えも守りつつお菓子を手に入れようとするための悪知恵がつき始めていることを母に対して指摘したのだそうです。母はばあちゃんの指摘をまっすぐに捉えて、私への教えを改めたそうです。この話をばあちゃんのお通夜の日の夜に母から聞きました。

子どもが子どもでいられる期間は大変に短いです。そのわずかな時間を、大人になるために犠牲にする必要があるのだろうか？というのは、校長として私が意識している基盤となる考え方の一つです。

子どもは未成熟です。彼らには失敗できる権利があるし、失敗できる環境がとても大切です。ややもすると我々学校の教員は、あの頃の私の母のように「立派な大人」になるよう子どもたちを厳しく律しようとします。もちろんそれはそれで大切なことなのでしょうが、子どもらしさを犠牲にしてまで手に入れるものなのでしょうか？「子どもは子どもらしく」という私の基本理念は、幼少期にばあちゃんから自然と授かったものなのでしょう。

注がれる愛情の深さに、血縁関係の有無など関係ありません。今でも私をばあちゃんの優しさが包み込んでくれています。何をしてもどんな時も、私の味方だった自慢のばあちゃんです。


「ばあちゃん」の写真は、今でも校長室の机の横に置かれています。

両親とも働いていましたので、友達は午後には幼稚園から帰っていきましたが、校長ちゃんは、5時まで幼稚園に残っていました。そうした中、音楽教室が週に1、2回行われていました。一度家に帰った友達が、音楽教室がある日はお母さんに連れられてまた園にやって来てオルガンの練習をしているのです。その様子が、校長ちゃんにはとてもうらやましく感じられ、園に残されている寂しさを忘れたいという思いもあり、「ぼくも、音楽教室に入りたい」と親にお願いしてみました。しかしながら、家に楽器があるわけでもなく、経済的にも許されない状況で、あっさり却下されてしまいました、

幸い、近所に住む友達のお母さんがピアノ教室をやっていて、

「弾きに来ていいよ」

と言ってくれたため、通うようになり、音楽と出合いました。

週に一回だけでしたが、そこに通いピアノを弾き始めました。そんなことを重ねているうちに自然と「音楽家になりたい」という夢をもつようになりました。

小学校に入ると、担任の先生から、

「あなたは、学校の先生が向いているよ」

と言われ、将来進むべき2つの道を思い描きながら、悩んでいました。そうした迷いの時期を思い出しながら、校長ちゃんは、

「自分の将来の夢を考える時期って残酷だなと思うことがあります。何か一つを決めないとい

けない、と迫られるような感じがいやでした」

と「将来の夢」ということについて語ります。

悩みながらの日々を過ごす中で、自然な流れで、

「自分は、学校の先生になろう。音楽の先生になろう」

と、考えがまとまり、今日に続いてきました。

小学校5年生のときに、テレビの洋画劇場で見た「グレン・ミラー物語」に触発され、そこに登場したトロンボーンに憧れて、今日までその楽器と共に歩んできました。

●日比野先生のこと

校長ちゃんが教師になろうと思ったきっかけとなった恩人がいます。

日比野箕之介先生といいます。

校長ちゃんは、中学校、高等学校とカトリックのミッションスクールに通います。そこで出会ったのが音楽を担当されていた日比野先生です。ご自身も修道士をされていて、生涯を神様に捧げるということを深く決められていました。日比野先生との思い出を校長ちゃんに語ってもらいます。

高校3年生の時のお話です。私はカトリック系の中高一貫校を卒業したのですが、その時の音楽の先生が、私の人生の師である日比野箕之介先生という修道士の方でした。と言っても、当時から人生の師と仰いでいたわけではありません。日比野先生の偉大さに気づいたのはうんと大人になってからです。そんな日比野先生とのある出来事が、私の脳裏から一瞬でも離れることはありません。

当時私は音楽大学への進学を志していました。ただでさえ勉強が苦手だった私が、通常の勉学に加えて音楽大学に進学できる内容の専門学習に取り組まなければならないのですから、相応に大変だったことを覚えています。特に日比野先生からのレッスンが一番の苦痛でした。

朝登校したらまず音楽室に前夜の課題を提出に行きます。楽典や音楽史と言われる分野の課題が毎日出されるのです。午前中の授業を終えると、お弁当を早々に食べてすぐに音楽室に直行です。わずかな隙間の時間を無駄にすまいと、日比野先生は既にピアノの前に座っておられます。そこで聴音と呼ばれるヒヤリングのレッスンを受けます。全ての授業を終えると、今度は6時過ぎまでピアノと声楽のレッスンです。その後ようやく自分自身の楽器の練習をして7時過ぎに学校をあとにするのですが、時にはそのまま日比野先生が寮監を務めておられた学校横の寮にまで移動して、楽典や音楽史の講義をさらに遅い時間まで受けることもありました。

　帰宅してからは通常の学習と日比野先生から出された課題に取り組む、これが毎日続くのです。将来の希望に近づくための当然の努力と言われればそれまでですが、とても苦しい毎日でした。苦しいというより憂鬱と言った方がよいのかもしれません。いつしか日比野先生のことを煙たく感じるようになっていったのは、高校3年生の未成熟な少年の感性では自然な感情だったのかもしれません。

　忘れもしない1985年（昭和60年）12月31日、大晦日の出来事です。その日も当たり前のように日比野先生のレッスンがありました。冬休みです。しかも大晦日です。土日も祝日も一切関係なく、日比野先生は一日も欠かすことなく私の相手をしてくださいました。その日のレッスンが終了した際に、私はうやうやしく、

「今年も1年お世話になりました」

　と日比野先生にお礼を申し上げました。いや、正確にはお礼を申し上げようとしました。その短いセリフを遮るかのように、日比野先生は淡々と、

「じゃあ明日は10時ね」

　と私に翌日のレッスン時間を申し渡したのです。翌日とはつまり元旦です。1月1日の10時にレッスンがあるのです。さすがに私は、

「いい加減にしてくれ！」

と心が折れました。怒りでもない諦めでもない、あの瞬間のあの感情は、それまでの18年の人生では味わったことのないような不思議な感覚でした。もちろん全然良い感情ではなく、ネガティブな心境です。

そのような苦しい毎日を経て、私は希望していた大学に無事に合格することができました。ここまでのストーリーだけならば、私は人並みに恩師に感謝の念を抱く程度であったことでしょう。私の心に本当に刻まれたのはここからの出来事です。

特筆すべきは、この間、日比野先生はただの1円もレッスン料を受け取られなかったのです。声楽、ピアノ、音楽史、楽典、聴音等々、一日に一体何時間を私のために使ってくださっていたことでしょう。正規の授業に加え、寮監までお勤めになられながらです。ご年齢は既に70歳を超えていらっしゃいました。ご自身のための時間などただの数分さえ持てなかったはずです。

せめてものお礼にと、母と私とで寮に日比野先生を訪ねました。母がいるからといって、日比野先生が急に社交的になるわけではないものの、いつも通り毅然と、しかしどこか穏やかに私たち親子の謝意を丁重に受けてくださいました。しかし、どうしても先生は母が包んだ封筒を手に取られることはありませんでした。中身がいくらだったのかは今となっては知る由もありませんが、恐らく5万円～10万円程度の薄謝であったろうと推測しています。それを絶対に受け取られないので、半ば強引に机の上に置いて母共々日比野先生を振り切って帰宅しました。

その夜、自宅に日比野先生からの電話がありました。用件のみ、

「明日10時に学校に来なさい」

相変わらずこちらの都合も何も考慮されない、日比野先生らしい声の雰囲気をはっきりと覚えています。高校を卒業し大学入学を控えたバラ色の春休みです。

「面倒くさいなぁ」

と思いながら、日比野先生のもとを訪ねました。すると先生はただ一言、

「ついて来なさい」

と、どこに行くかも告げずに歩き始めました。つい先ほど私が学校まで来た道を、2人して徒歩で戻っていくのです。しかも18歳の私より70歳の日比野先生の方が速いの何の。ついて行くのが必死でした。

20分ほど歩いて着いた先は、市内で一番大きな百貨店でした。その紳士服売り場で、前夜に私と母が強引に置いて帰った封筒を差し出した先生は、売り場の方に、

「これでこの子にぴったりのスーツを作ってあげてください」

と伝えたのです。その瞬間、私は売り場に膝をついて号泣してしまいました。あんなに煙たいと思っていた先生が、ここまで無償の愛を私に注いでくださったことに初めて気づいたのです。嗚咽をこらえることができないほど、日比野先生への感謝の気持ちがあふれました。あの日以来40年近く、あの瞬間の気持ちが薄れることなく私の中に存在し続けています。

教育者としてここまでの自己犠牲をはらってなお、「煙たい」と思われてしまう仕事を、私は自分の意志で選びました。日比野先生の背中を追い求めているつもりですが、今でも全く手が届く実感すらありません。私の描く「愛」は、まさしく日比野先生のお姿そのものです。あの強さは、根底に満ち満ちる無償の愛がなければ表出されるものではありません。本当にご立派な方でした。

先生が亡くなられて20年以上が過ぎました。私は今でも東京に出張するたびに、府中カトリック墓地に日比野先生を訪ねます。怒られに行くのでしょうか。いつも墓石の前で涙があふれ、凛とした気持ちになり背筋がまっすぐに伸びて帰ります。いやあ厳しい厳しい。亡くなってもまだ私をまっすぐに導いてくださってい

ます。真の教育とは、やはりその人の一生を左右するのです。日比野先生の強さと優しさを目指す私の教師としての旅路は、まだまだ志半ばです。

校長室には、先ほどのばあちゃんの写真と共に、日比野先生の写真も置かれています。校長ちゃんは、二人の写真を見つめながら、日々自身の教育実践を振り返っています

●校長ちゃんの教育観

両親やばあちゃん、そして日比野先生の愛に包まれて校長ちゃんは、公立中学校の先生になりました。

そして、36歳の時に現在の私立高校に教頭として着任することになりました。

着任前は、地域による学校の違いをとても心配していましたが、子どもは子どもでどこも一緒で、その愛おしさ、可愛らしさに変わりはなく、教育の現場でやるべきことも同じだと実感し、当初の不安はなくなったと言います。

一方で、公立の中学校時代に身に着いてしまっていた画一的な教育からすると、着任した当初、その学校の方針は「ぬるい」と感じたと振り返ります。

「俺が一声かけたら、生徒たちはもっと静かになるぜ」

と思ってしまうのです。ただ、その環境に自分がしばらくいると、その中で、自分自身が見る見る柔らかくなっていくのを感じたとのことです。大人が「静かにせんか！」と大きな声で圧をかければ一瞬で静かになります。そのレベルでものを見れば「ぬるい」と感じるものの、その背景にある考え方や子どもたちの現状を本気で考えたとき、「実は、とても深い実践なんだ」と気づいたのです。

こうした校風は、着任時からあったとのことです。今から40数年前、全校生徒が3人の時がありました。その後、増えて60～70人の生徒数になりますが、高等学校としては小規模です。毎日そのくらいの人数の生徒たちと接していると、当然関係は濃くなり、子どもたちへの声かけも細かくなり、自然とその子たちを大事にする指導になっていったのではないか、あるいは苦難の歴史の結果、辿り着いた教育方針だったのではないかと言います。

着任した初日、13歳年上で現在は副校長をされている先生が、校長ちゃんに向かって、

「教頭先生、お食事はどうされますか？」

と優しく聞いてくださった上に、一緒にラーメンを食べに連れて行ってくれたのです。このエピソードにも、学校の校風が感じられます。

学校の歴史の中で自然に醸成された雰囲気を、校長ちゃんは言語化してきました。ここで行われている教育はこうですよね、こういうことを大事にしているんですよねと、言葉に表して

明確に残すことに貢献できたのではないかと、校長ちゃんは言います。

遅刻をした子どもは怒られます。以前の学校では校長ちゃんも怒っていました。よく考えてみると、遅刻をしているという現象は一緒でも、家庭の経済状況、学校との地理的な問題などは一人ひとり背負っているものは全く違います。それでも子どもたちが学校に頑張って来ているということを心底理解できた時、今まで自分が怒鳴り飛ばしていた子たちのことを想い、自分を悔いる涙がハラハラと出てきたと振り返ります。学校の中で強い立場である教員が、頭ごなしに弱い立場の子どもたちを怒鳴るということのおろかしさが身に染みて分かったのです。

できないことを嘆くのではなく、できていることを認める。遅刻をしているというネガティブな表現ではなくて、学校に来ているというポジティブな側面に光を当てる。全てをこの尺度に当てはめて考えることが、現在の自分の教育観だと校長ちゃんは言い切ります。

そのような先生の反応、対応が子どもたちに変化をもたらしていくことは間違いないのです。生身の人間ですから、正直、腹が立つ時もありますし、「よかよか」と口癖のように言うものの、「よかよか」では済まないことがあるのは当然ですが、その苦悩と葛藤の方が貴いと信じて、毎日正面から向き合っています、と言います。

そして、「大袈裟な言い方になってしまいますが」と前置きした上で、校長ちゃんの学校の考え方は、実践内容はほかの学校でも必要なことだし、混迷する日本全体に通用すると確信していると話します。

これまでの画一的な指導を中心とした日本の教育とは逆の自由活発な教育を、校長ちゃんの学校のマインドとしています。この考え方はずっと批判を浴びていて、「甘い！」と言われることも少なくないそうですが、そう言われると、校長ちゃんは、

「いや、どこが甘いか？　一番厳しい教育だよ。自分で考えて自分で決める人を育てる教育が、何より厳しい教育なのだから」

と、改めて自分たちの学校の在り方に確信を深めていると強く語られました。

第2部　学校通信

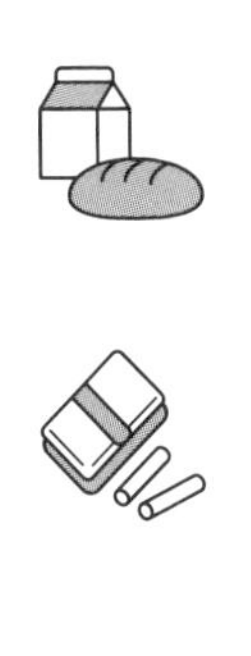

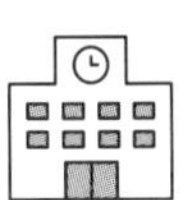

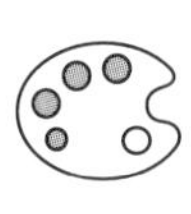

第2部写真

校長ちゃん

1 スタートライン

どんなものであれ、必ず「始まり」があります。例えば、文字を書く動作一つをとっても、打ち込みの最初の点がなければ線も引けません。線が引けないのであれば当然文字も書けません。始まり、即ち「スタートライン」は万物にとって大切な瞬間なのです。

2・3年生の皆さんは開講式が、1年生の皆さんには入学式が「スタートライン」にあたるのでしょう。期待で胸を弾ませるような気持ちの人もいれば、憂鬱で嫌な気持ちの人もいたことでしょう。それぞれがそれぞれの気持ちでスタートラインに臨んだことと思います。そこでちょっとこのスタートラインについて私の考えを話してみますね。

まず言いたいことの一つは、『スタートを切るタイミングもそれぞれでよい』ということです。陸上競技ならば、一瞬でも早くスタートを切って他人より早くゴールすることを目指すのでしょう。かと言って合図のピストルが鳴ったとしても絶対にスタートしなければならないという決まりはないのです。その分ゴールが遅くなるだけの話です。そもそも私たちの人生は、ゴールの速さを競うものではありません。スタートラインについていても、自分のタイミングがくるのをゆっくり待つのも、全然ありだと思います。

それから二つ目に言いたいこと、それは「スタートラインにつくまでの努力を自分自身で認めてあげよう」ということです。最初の文字の話に戻りますが、文字を書く前にペンが必要です。紙もなければ書けませんし、何より「文字を書こう」と自分自身が思う瞬間から、すでにいくつもの段階を頑張ってクリアしたのちに、ようやく文字を書く瞬間が訪れるのです。つまり、私たちがスタートラインだと感じているその瞬間は、実はとっくにスタートをしてたくさん努力をして辿り着いた貴重な瞬間であることに気づいてください。

ここから何かを頑張るために必要なことは、自分が既に頑張っていると気づくことです。

（令和4年4月7日発行「学校通信」掲載）

2 窓

校長室から見える山の表情が大好きです。同じ山の姿のはずなのに、毎日表情は変わります。そしてその美しい景色を窓枠越しに見ると、窓枠がまるで絵画を飾る額縁のようで、目の前の景色が素敵な絵画のように見えてくるのです。

同じ窓から見える景色で、日々、さらに時間帯によっても表情が変わるのです。それが窓が変わればなおさらです。同じ山でも教室が変わるだけで見え方は全然違うし、何階の窓から見るかで全く違う山にもなりますし、そもそも全ての窓から山が見えるわけでもありません。当然ながら反対側の窓からは海は美しく見えても、山は全く見えなくなってしまいます。窓の視界には限界があるのです。

窓から見える景色は人それぞれ…私は常にこのように意識しています。『外を見てごらん。お月様がきれいだね』と言うつもりで誰かに声をかけても、その人は言われた通りに窓から外を見て、足元に咲くお花に目が向いているかもしれません。それに私が美しいと思うお月様が、その人にとって必ず美しいとも限りません。

相手も同じだと思い込むことは。お互いにとってあまり良い結果にはならないように思います。だから、『違う』ということを前提にする、そして『違いを知る』ことで、『違いを受け入れる』ことができるようになっていけば、誰かに傷つけられることも、知らず知らずのうちに誰かを傷つけてしまうことも、なくなることはないにしても少しでも減らせるのかもしれません。違うことが当然であれば、いちいちその違いに腹を立てる必要もなくなるはずです。話が極端すぎますが、私たち人間が魚に対して、『なんで水がなければ生きていけないんだ！』と問い詰めても話が成立しませんよね。違うことこそが自然です。自他の違いに肩身の狭い思いも腹立たしい思いも必要ありません。

（令和4年4月21日発行「学校通信」掲載）

3 ゴールデンウィーク

現在の勤務高校にお世話になって19年目になる私ですが、それまでの公立中学校教諭時代に身についた「学校の当たり前」を疑ってかかる日々だったように思います。私は決して既存の教育を全否定しているのではありません。合理的でない内容は、大胆に見直すべきだと思っているだけです。それはもちろん、この学校でも同じです。

授業の間には休み時間が存在します。その時間帯をよく学校では「次の授業の準備時間」と設定し、不必要な行動を認めず、授業時間1分前から黙想を取り入れたりしています。私はごく自然な発想として、「休み時間は休みでいいのに」と思えてなりません。休むための時間にまで次の段階の動機づけが介入してきたら、それを果たして休みということができるのでしょうか。リフレッシュなしに頑張り続けることを強制されるのは、私は不自然に思えてならないのです。休み時間は休むためにあるのです。

生産性や効率性は確かに大切ですし、規律や一体感も必要でしょう。しかし、それだけに重点を当ててしまうとこうなってしまうのでしょう。私は別に土日祝日を、翌日からより良い仕事ができるために、と意識して過ごしているわけではありません。家族や友人たちと過ごす時間はとても心地良く、結果的に休み明けのお仕事に意気揚々と飛び込むことができます。休み時間をどう過ごそうが、生産性や効率を低下させる要因にはなりません。授業間の休み時間は僅か10分です。自分なりに心地良い時間を過ごしてほしいと願います。もちろん先生方にも一息ついてほしいですし。

さあ大型連休ですね。弾けたい人は弾けてくださいね。規則正しい生活が好きな人はそうすれば良いし、ゆっくりしたい人はゆっくりしてください。連休明けに頑張るための連休ではありません。頑張っている自分をうんと癒す素敵なゴールデンウィークを送ってください!

(令和4年4月28日発行「学校通信」掲載)

4 桜

入学式の前に鮮やかに咲き誇っていた桜の花も、今は完全に姿を消してしまっています。ところがどうでしょう。今週の初めに北海道の釧路ではようやく「開花宣言」というニュースが目に飛び込んできてびっくりしました。さらにニュースで耳にした「1月の沖縄からスタートした桜前線」という表現に2度びっくりでした。春を彩る桜の花…という前提は、どうやら日本全国の「当たり前」ではないのですね。知識として知っていることではありましたが、改めて今回のニュースを見て考えさせられたのでした。

狭い日本でさえ、桜の開花時期に4か月以上の差があるのです。しかも、北海道では桜が咲き始めたこの時期に、沖縄では既に梅雨入りです。「日本人」というくくりに果たしてどんな意味があるのだろうとさえ考えてしまいました。桜一つとっても、住んでいる地域で全く状況が違うのです。お互いの「当たり前」が違っているままに話を進めても、何かがうまくまとまるはずなどないのではないでしょうか？

そう、私たちそれぞれの「当たり前」は違うのです。違うことが悪いのではなく、違っているのにそれが同じであると思い込んでいることの方が問題だと思うのです。つまり「違う」ということを前提にすれば解決することも多少は増えるような気がします。桜や梅雨といった自然現象や、地域差に限った話ではありません。家族内でさえ、好きな食べ物やテレビ番組も全然違いがあるはずです。ましてや学校や社会全体が、実態のあやふやな「当たり前」を前提にしていることが、すごく不自然に思えてきます。

国家間の戦争も、お互いの「当たり前」が違っているから起きるのかもしれません。私たちの何気ない日常とさほど違いがない理由で争いが起きるのならば、戦争も私たち次第で起こったり、反対にやめさせたりすることができるのかもしれません。

（令和４年５月12日発行「学校通信」掲載）

5 止まり木

不確かな知識なのですが、マグロやカツオは泳ぎ続けなければ死んでしまうそうですね。どんな仕組みで泳ぎ続けることが必要なのか分かりませんが。限界までスピードを落として泳ぎながら睡眠をとっているそうです。これは生物学的には本当に稀有な例で、基本的に生物は休息をとらなければ命を維持することは不可能です。

気持ちよさそうに空を飛ぶ鳥たち。彼らにとっても「止まり木」はとても大切です。電線の上に止まっているスズメや、校庭の木々でさえずる小鳥たちは、マグロやカツオのようにずっと飛び続けることはできないのです。翼を休めるための一本の枝が、その命を救っているのです。オアシスのような行き届いた環境でなくても、ほんの小さな一本の枝があるだけで、翼を休めることができる…意味深く感じます。

私たちの思い描く「休息」と「一休み」は少々違いがあるのかもしれません。整った環境でゆっくり休める「休息」も、止まり木に一瞬止まって翼を休めることができるような「ほんのちょっとの一休み」も、どちらもとても大切ですよね。私のささやかな夢なのですが、学校もそんなオアシスや止まり木のようであってても良いと思うのです。

学校の疲れを家庭で癒すのも日常の疲れを学校で癒すのも、どちらも素敵ではないですか？「学校は学ぶところ」という前提からほんのちょっと解放されるだけで、学校は止まり木にもオアシスにもなれると思うのです。気を張って緊張して過ごさなければならない場所でなくとも、各々のスタイルで学校の意義を考えれば良いのです。
学校の中に止まり木が必要ですし、何なら学校そのものを止まり木として考えても良いのでは？　私達はもっと「休息」「ちょっと一息」を大切に考えるべきだと思います。

（令和４年５月19日発行「学校通信」掲載）

6 なぜ？

素直で従順な人柄は、社会ではとても高い評価を得ることができるとされてきました。基本的にはそれに異論はありません。ただし、素直でなくても、決して従順でなくても、同じように生きやすい社会であるべきだと最近強く思っています。悪意があって他人をわざと傷つけようとしない限りは、私たちはお互いにもっと寛容であるべきです。

疑問を持った時に、ただ従順に我慢するよりは「なぜ？」を大切にしてほしいのです。ただ従順であるだけでは、物事の本質を誤って理解してしまうことになりかねません。例えば赤信号。なぜ私たちは赤信号で止まらなければならないのでしょうか？
「決まりだから」もし仮にそれが間違った決まりでも、ただ守るべきなのでしょうか？
「警察に捕まるから」警察が見ていないところでは止まらなくても良いのでしょうか？
このように、疑うこともなく当たり前と思っていることでも、実は本質から少し外れてしまっていることはたくさんあります。赤信号で止まる最優先の理由は、「危ないから」ですよね？青信号で渡っても良い人の安全を脅かしてしまう、そうならないために、信号で優先を決めているのです。根底は、「思いやり」「優しさ」だと私は思っています。

残念ながら私たちの世代は「なぜ？」を抑えつけられて育ってきた世代ですので、自分の意見をしっかり持って、異なる考え方を尊重し折り合いをつけていくことが苦手なのかもしれません。疑問を感じるまでもなく、「はい！」と従うことが美徳でしたから。そのままだと、例えば国全体がもし間違った方向に進もうとしていても、それを正す力が不足してしまいます。社会的批判力は民主主義にとってとても大切なのです。素直で従順であることはとても素晴らしいです。ですが、納得がいかないことに従順である必要はありません。なぜ？を大切にみんなで成長できたら素敵だと思います。

（令和4年6月2日発行「学校通信」掲載）

7 素通り

先週往復共に飛行機を乗り継いで出張に行ってきました。その際に感じた残念な出来事です。都合4回飛行機を乗り降りしたのですが、その際深々と頭を下げられるCA（客室乗務員）さんに対し、お客さんの方は少なくとも私の目の届く範囲ではただの一人として返礼はおろかお礼を言う人すらいなかったのです。とても悲しく感じましたし、それ以前にびっくりしました。言葉が悪いかもしれませんが、何様のつもりなのでしょう。

他者への敬意を大切にする謙虚さは、この日本の誇らしい一面のはずです。自他共に礼節を重んじる国として高い評価を受けてきたことは、残念ながら過去の方々への称賛であり、今の我々は完全にその評価を地に落としてしまっているのではないでしょうか。評価がほしいのではなく、希薄になった他者への敬意を憂いているのです。

目の前で頭を下げられるCAさんに、まるでそれが目に入っていないかのように何の反応もなく素通りする感覚が私には理解できません。私は返礼としてではなく、私自身の感謝の気持ちを、丁寧にお辞儀をして「ありがとうございました」という言葉に乗せてお伝えしました。バスでも食堂でも、私は必ずそうしているはずです。

本校は「ありがとう」をとても大切にしています。有ることが当然ではない、当たり前ではないからこそ「有り難い」のです。ありがとうに気づく力、ありがとうと言える感性は人生を飾ってくれます。どうか生徒さんたちは、そんな豊かな人生を歩んでほしいと心から願っています。物事を当たり前で済ませなければ、実は身の回りはたくさんの「ありがとう」に彩られていることに気づけるはずです。私たち大人は、子どもたちに良かれと思ってしつけや教育を施します。その前に、「ありがとう」を丁寧に言える大人でありたいものです。子どもたちよりまずは自分自身の襟を正していかねば。

（令和４年６月９日発行「学校通信」掲載）

8 連鎖

校舎の階段に、砂が落ちている光景を目にすることがあります。砂が落ちていると言っても、そこら中に運動場の砂が散らばっている状態で、元通りにきれいにするには相当時間がかかるような状況です。いつも生徒の皆さんには美しい状態で登校してほしいと願う先生方が、朝早くにきれいに掃除をしてくださっています。

「掃除をしなさい！」と命じれば、生徒の皆さんは快く協力してくれるはずです。それ以前に、砂を持ち込まないように気をつけてもらえれば良いのですが、これまた「ついうっかり」汚してしまうもの。運動靴と上履きを履き替える、校舎に入る前にしっかり砂を落とすという行為の意義を、皆さんに理解してほしいとは思いますが、「掃除をしなさい」「ハイ分かりました」という解決の仕方に私は教育の本質を感じません。

例えば、たばこの吸い殻が路上にポイ捨てされていることがあります。そこにそれを捨てる「誰か」がいて、それを拾う「誰か」がいて、さらには気づかずに通り過ぎる「誰か」と、気づいても何もしない「誰か」と、そんな誰かが集まって社会を構成しているのです。本校の生徒の皆さんには、そもそも平気で何かを汚す「誰か」になってほしくはありませんが、誰かが

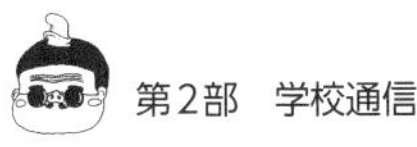

汚した何かを、すすんできれいにする「誰か」になってほしいと強く願っています。気づく力、それをそのままにしない力を身につけてほしいのです。

「汚すな！」と叱る行為も、「きれいにしなさい！」と命令する行為も、真の意味で一人ひとりの気づき、成長にはつながらないと思います。私が描く姿は、気づいた人が美しく元通りにする様子を見た「汚した本人」が、自らの意志で自分の行動を改めてくれる、そんな連鎖です。どうでしょう？　汚れていることに気づいたら、先生も生徒さんも一緒に声をかけ合って共に校舎を美しく保つように心がけてみませんか？

（令和4年6月23日発行「学校通信」掲載）

9　アロハシャツ

急激に暑くなって参りましたね。車の温度計では35度を超えることが連続しています。私は手軽なポロシャツで出勤しています。そもそも本校は生徒さんも先生方も服装は自由ですので、暑さが苦手な私には自分で調整できるのは有難いです。

自由になると、より周辺のことを考えるようになるのが不思議です。好き勝手にやって良いのであればそれはそれで楽なのでしょうが、自分が好きにやりたいように他の人もやりたいのであれば、好き同士が衝突してしまいます。反対に規則でがちがちにしばれば、お互いの聖域を侵害することはなくなりますが、自分の範囲は狭まります。

例えば冷房の温度。もっと涼しくしたいと思う人とそれでは寒くなってしまう人とが混在しているのが集団です。一律に何度と決まっていれば誰にも気を遣う必要はないのですが、自分で温度を調整できるならば結局は力の強い人の意見が通りやすくなってしまいます。そうなると他の人は、ずっと我慢するしかなくなる悪循環に陥ります。

結局は「お互いを思いやる」ことが重要だと、自由になればなるほど痛感するようになりました。常に他人を意識し、その人たちの思いも大切にし合うのが、本当の意味での自由なのでしょう。私は誰にも邪魔されたくないし、他人の邪魔もしたくありません。だからこそ、常に周囲に気を配る中で自分の自由を意識しています。

同じ暑さでも、半袖で涼しさを求めるも、長袖で日焼けを防ぐも人それぞれ。感覚が違うことが当然です。とは言うものの、公的な会議等にはしっかりとスーツを着て臨みます。私が会議にアロハシャツを着て行ったら、本校の皆さんが同じように「非常識」だとみられてしまいますからね。私の自由は、私だけの自由ではないのです。

10 一票

（令和4年6月30日発行「学校通信」掲載）

まさかの「コロナ感染」でした。心臓疾患がある私は、重症化の危険性もあるので気をつけていたつもりではあるのですが、どこでどう感染したのか分からないままいきなりの39度越えの高熱、思わぬ形で10日間の隔離となりました。「元気と迷惑は貸し借りできる」というのが私の信念です。ご迷惑をおかけしてしまったことは率直に申し訳なかったのですが、「私でなければならないこと」などありません。みんなで助け合っているのですから、この間は仲間たちに甘えてしっかり療養しました。

この間、参議院選挙の対応に苦労しました。私は自らの一票を放棄したことはありません。大切に大切に行使してきた自分の権利でしたが、いざ隔離になってしまうと投票場へ行くことができないのです。しかし「特定郵便等投票」というシステムがあることを初めて知りました。問い合わせをしたその日に、選挙管理委員会の方が自宅まで申請用紙を持ってきてくださいました。それで申請し、今度は自宅に投票用紙が届いて…という流れです。コロナ感染対策として全てビニールケースに入った書類のやり取りという徹底ぶりでした。選管の方のご苦労に頭が下がる思いでした。

一票とは、ここまで重いものなのです。いかなる人も置き去りにしないという熱い支援に接し、選挙権を持つ自らの責任の重さを痛感しました。数十万票の中のたった一票です。しかしたった一票の、そのかけがえのない一票の先にしか、政治の世界は存在しないのです。軽々に扱うべきではありません。重い重い一票なのです。

次回以降の選挙は、期日前投票を初日に済ませようと思いました。今回もそうしておけばわざわざ特定郵便等投票のシステムを使うこともなかったのです。高校3年生の時の担任の先生の口癖が「今できることは今やれ!」でした。身に染みています。

（令和4年7月14日発行「学校通信」掲載）

11 できること

突然の休校、続いて配信のみの2週間。「学校に行きたい」「つまらない」という人もいれば、「ラッキー」と感じる人もいるでしょう。当然ながら真反対の感想もあるのでしょうが、「これが正解」という考え方は存在しません。感じ方は人それぞれです。

いずれにしても、「本来の形」からはかけ離れた内容になってしまったわけです。しかしここで言う「本来の形」とはいったい何をさすのでしょう？　私たちの日常は、ついつい「当たり前」に支配されています。何事にも「普通は…」という前提が存在するので、それから離れてしまうと「普通ではない」存在とされてしまいます。いつも言っていることですが、この「当たり前」という感覚が、当たり前でない人たちを生み出してしまうのです。「差別」の根源は、私は「当たり前」という

感覚にあると思っています。

学校に登校するのは当たり前でしょうか？　皆さんは頑張って登校しているのだと私は思っています。かと言って登校できない人が「頑張っていない」とは思っていません。何せ私の中で「当たり前」が存在しないので、登校できる人できない人という「仕分け」の必要すら感じないのです。眠い朝に起き、暑い中、学校まで来るだけでも本当にすごいことです。学校に行きたいという思いを胸に自宅で過ごす中にも、さまざまな葛藤があるはずです。結果に関わらず、皆頑張って今を生きているのです。

できないことより、できていることに目を向けましょう。Ｚｏｏｍで授業を受けることができるのです。本も読めるしゲームもできるし、君たちは自分の意志でこの目の前の時間をどのようにでも使うことができるのです。今できることに一生懸命取り組む、これは何も登校できるできないで変わるものではありません。今できていることは、何ひとつ「当たり前」ではないのです。全てが君たちなりの努力の成果なのですから。

（令和４年４月７日発行「学校通信」掲載）

12 仕方ない？

私は右利きです。生まれた時から。野球の選手等に、猛烈な練習で利き腕を逆にして成功を収める人は確かにいますが、生まれつき授かった「右利き」などに代表されるような私の性質は、基本的にはどうしようもないことです。私が右利きであることを誰かに批判されても、私にはその批判に対応しようがありません。仕方ないことです。

私は音楽が好きです。中でもクラッシックが大好きですし、山崎まさよしもライブには必ず行くほど大好きです。運動は苦手ですが、野球やラグビーの知識は人一倍持っているつもりです。ジェットコースター等の速いもの・高いものは全然アウト。心臓疾患があり一級の身体障害者手帳を交付していただいています。今一番はまっていることは料理。ですが後片付けは大の苦手です。大嫌いな蜘蛛がいたらその部屋には入ることができません。自ら書く文字は、自分でも読めないほど汚いのが悩みです。

この私の個性と、全てが一致する人はいますか？　もちろんいるかもしれませんね。でも個性をあげればあげるほど、どこかで不一致が生じるはずです。そう、私たちは違うのです。右にあげた中には後天的なものもあり、この先変化していくのかもしれません。個性の中には、私たちのよく知らないまま「障害」や「症状」とされるものもたくさんあります。ＡＤＨＤ・ＬＤ・抜毛症・自閉症・自律神経失調症等々書ききれません。

私は自分の意志で右利きや心臓疾患を選択したわけではありません。ですから、私のさまざまな個性特性を、批判の対象にしないでください。それはどうしようもないことなのです。ならばこれらは「仕方のない」ことなのでしょうか？　私は決してそうは思いません。仕方がないとあきらめるより、「それで良い」と肯定し、困ったことはうまくいく方法を周囲と協力し合って見つけていけば良いと思っています。

（令和４年８月29日発行「学校通信」掲載）

13 台風

台風の被害は大丈夫でしたか？　火曜日はそれに伴い休校の判断を致しました。休校判断は早いに越したことはありません。通学区域の広い本校の場合、当日連絡だと既に家を出発している生徒さんもいますし、保護者の方のお弁当の準備等を考えると、できる限り前日以前の決定ができるよういつも心がけているつもりです。

判断が早いと、逆の苦悩も生じます。直前と違って状況が変わる可能性が大きいのです。すると台風がそれたり早まって通過してしまったりと、台風の影響が全く残っていないのに学校はお休み、という本末転倒な結果になってしまうことがあるのです。本校がお休みの中、近所の小学生が元気に登校する姿を見るのは、やはり少しだけ気分が滅入ります。「しまった」と、自分の判断を後悔してしまうのです。

ならば、予想通り台風がちゃんと来た方が良いのでしょうか？　それは明確に違いますよね。被害が出ないのが何より最上位です。そのために休校にしているのですから、最良の結果なのです。台風が来る前に、学校の判断がギリギリになるのは、「もし判断が外れたら？」つまり「台風が来なかったら？」と迷ってしまうからです。

判断の一歩先、それが「決断」です。○か×かを判断することはできても、それを決定するのに大きな迷いが生じるのが人間です。そんな時には「最上位」を意識してみましょう。あれもこれも考えずに「一番大切なことは何か？」を自分に問うのです。すると自ずから心は定まります。私は決して休校判断を美化しているつもりはありません。迷った時には教頭先生という最強の味方が決断のお手伝いをしてくださいます。悩み事迷い事は一人で背負う必要はないのです。この学校の判断基準はこれからもぶれることはありません。生徒さんと教職員の方々の安全第一です。

（令和4年9月8日発行「学校通信」掲載）

14 台風Ⅱ

幼い頃に疑問だったことの一つが、例えば海外で大きな事故等があったことを伝えるニュースで耳にする「被害者の中に日本人はいないということです」という一言です。今ならばその発言の真意は分かるのですが、当時は「日本人がいなければいいのか？」といちいち憤っていました。どこか遠い国の方が涙を流していることには違いないのです。それが日本人でなくても、私はホッとなんてできない、とても悲しいことでした。

人間はやはり「自分」があっての他人です。自分の感情、自分の命が大切なことは言うまでもありません。次にあげられるのは家族や友人でしょうか。今の私にとっては、立花高校の生徒さんや同僚の教職員の皆さんもとても大切です。そうして優先順位をつけていくと、どこか遠くの国の知らない人と、身近な家族が決して同列ではなくなります。近しい人を思い心配することはとても大事なことです。ならば、「知らない人」の不幸は、果たして「ホッ」と安心して良いことなのでしょうか？　私にはそうは思えないのです。

忘れてはならないことは、私に大切な人がいるように、あなたにも、そしてどこか遠い国の知らない誰かにも、お互いを大切に思う人がいるということです。ですから今回のように大きな台風が近づいている時に願うべきは「台風がそれてほしい」より「台風の被害が出ないでほしい」だと思います。自分の家が大丈夫なら、自分の街が大丈夫なら、福岡が大丈夫なら、で済ませてはならないのでは？

私の自由は何より尊重されるべき私の権利です。目の前の人の自由もその人にとって何より尊重されるべきその人の権利です。権利と権利は必ずどこかでぶつかります。だからこそ対話を重ね調和していくことが必要なのです。私も周りも、同じように幸せな世の中でありたいと強く願っています。

（令和4年9月21日発行「学校通信」掲載）

15 機材トラブル

月曜日の始業式は突然の機材トラブルに見舞われましたが、担当の先生方の懸命の処置でどうにか予定されていた全内容を終わらせることができました。まずは必死に回復にあたられた先生方のご苦労に心から感謝いたします。さぞ焦られたことでしょう。

トラブルはないに越したことはありません。しかし、あるのもまた仕方のないことです。思わぬトラブルに巻き込まれたときに、私たちはどんな行動をとるべきなのでしょう。「思わぬ」トラブルですので、あらかじめこうしようああすべきと決めておくことが不可能ですよね。だからこそ、とっさの時の行動に問われることも大きいと思うのです。

始業式に置き換えて考えてみましょう。なかなか配信がうまくいかないことに生徒さんの多くが怒り、文句を言い出したらどうなったことでしょう？ もちろん私たちには「怒る」権利があります。腹立たしい思いを全て我慢する必要はありません。しかしながら、「仕方のない」ことに対しどんなに文句を言っても仕方のないことは仕方がないのです。皆さんはあの時、じっと待ってくれましたね。恐らく、担当の先生方が必死に処置しておられることを分かってくれていたのでしょう。その優しさが嬉しかったです。不思議なことに、トラブルがあるとかえって物事がうまくいったりもするものです。
以前体育館で代表の生徒さんが前でお話をしてくれた際に、マイクトラブルで声を拾わないという事態がありました。その時の先輩方は、小さな声を何とか聞き取ろうと、水を打ったような静けさに体育館がつつまれたのでした。トラブルに文句を言うのではなく、お互いに瞬時に協力してトラブルをカバーしたのです。いざという時には、自分にできる範囲でできることをすることが肝要です。待つことがベストなら待つ、他にできることがあるならばそれをするのです。トラブルを経て成長できることを大切にしましょう。トラブルがあったとしても、誰も傷つかなくて済むような私たちでありたいですね。

（令和4年10月6日発行「学校通信」掲載）

16 マスク

私は、新型コロナウィルス感染症が広がるうんと前から、特に冬場は常にマスクを着用して過ごしていました。私の持つ心臓疾患には、インフルエンザ等のウィルスは大敵なのです。私の大動脈弁は、牛からとった生体弁に置換してあります。もともと自分の体にあった弁ではないので、ウィルスや虫歯の菌さえも、弁に付着し動きが鈍くなってしまう恐れがあるのだそうです。ですから日常生活では細心の注意を払っています。

この2年半は、ほぼほぼ全員がマスクをしていましたので、私は「その他大勢」の人と同じくくりとして生活していました。最近、少しずつ屋外でマスクを外す人も増えてきてついには政府レベルでマスク脱着の基準が大幅に緩和されようとしています。従って一気にマスク着用者が減っていくのでしょう。しかし私は、この先もマスクを外す気はありません。私にはそれが必要なのですから、自分の判断で着用を続けるつもりです。

国レベルの指示や方針で規制しなければならないものとしては、各種法律や条例があります。同じ基準が基本的には例外なく適用され罰則も存在します。しかし、そもそも自分の判断が許される場面にまで、誰かに判断を仰ぐ必要はないはずなのです。

本校には「衣替え」という文化がありません。長袖か半袖か、冬服か夏服かを上意下達で統一する必要は一切ないと思っています。今日の気温が寒いか暑いかは人それぞれです。そのそれぞれの感覚で判断することが大切なはずなのに、「そろえる」という同調圧力は長く私たちの感性の伸びやかさを失わせてきてはいないでしょうか？

さまざまな情報をもとに、自分で判断することこそ、この学校で最上位に大切にしてほしいことなのです。マスクだけの話をしているのではありません。同じであることも違っていることも同じように尊いことなのです。何事も自分でよく考えて自分で判断しましょう。

（令和4年10月13日発行「学校通信」掲載）

17 非常口

建物にも乗り物にも一部の例外を除いて必ず「非常口」の設置が義務付けられています。本校の校舎のように非常口用の非常口はなくても、避難経路は校内各所に掲示してありますし、いざというときに混乱しないよう避難訓練も行います。しかし長い本校の歴史の中で、全校生徒が緊急避難をしなければならないような事態に陥ったことは一度もありません。非常口が実際に使われることはほとんどないのです。

しかし、その「ほとんどない」事態に備えていなかったから大惨事になってしまったという悲しいニュースを耳にすることは、結構あるような気がします。つまり、ほとんどないという緊急事態は、決して確率がゼロというわけではないのです。だからこそ、その万が一の事態に備えて「非常口」が設けられているのです。

先日のある研修会で、「今の学校に必要なのは非常口だ」というお話を耳にして、心から激しく共感しました。逃げ道をふさがれてしまうような空間では、私はとてもじゃありませんが安心できません。いざとなれば逃げる道が用意されていることは、私たちにとってこの上ない安心感につながるのではないでしょうか。それなのに、なぜか私たちは「逃げるな」と教わって大人になってきたような気がします。

いざというときは逃げても良いということを、人生にも当てはめてよいと思いませんか？「逃げなさい」と言っているわけではありません。逃げても良いと思えれば、つまりそこに「非常口」があれば、安心して頑張ることができるのではないでしょうか？それを使わずに済めばそれで良いし、使うような事態になる前に助けの手が差し伸べられるはずです。しかし「助けて」という声を出さなければ誰にも気づいてもらえないのかもしれません。誰かに助けを求めることは生きるための勇気ある決断なのです。


（令和４年10月20日発行「学校通信」掲載）

18 岐阜にて

全国私学教育研修大会に参加するために岐阜市に出張して参りました。とても勉強になりましたし全国の私立学校の先生方の学ぶ姿勢は大いに刺激にもなりました。合間をぬって岐阜城へも登りましたが、かつて織田信長が見下ろした岐阜の街並みを感慨深く見ながら、戦国時代への郷愁も掻き立てられました。

研修は本当に素晴らしかったですが、2日間みっちり研修を受ける中残念でならなかったことがひとつ。自虐的な話になるのですが、自らを戒めるためにも是非皆さんにもお話ししておきたいと思います。それは「先生方の非常識な態度」についてです。

ステージで講師の方が講話を行う中、勝手に会場を出入りする方がひっきりなしに見受けられました。各校の校長先生方です。緊急の連絡もお入りになられるのでしょう。それは仕方のないことなのかもしれませんが、会場のすぐ外で大声で話す内容が会場内にまで丸聞こえです。壇上の講師の方にとても失礼ですよね。そもそも、その方々のほとんどが、授業中に生徒さんがスマホを手にするだけでも、その上勝手に教室を出入りしようものなら厳しく指導されるはずです。なぜ自分だけは許されるとお思いになられるのでしょう。他校の先生方のことなれど、残念で仕方なかったです。
生徒の皆さん。先生方は皆さんと同じ「人間」です。間違うこともあるし、良かれと思って言う一言が君たちを傷つけることもあるはずです。先生の方が立派で正しい、という前提は全国どの学校のどの先生にも当てはまりません。どうか理不尽だと思うこと、それは違う、と思うことはちゃんと先生方にぶつけてみてくださいね。本校の先生方は、一方的に生徒さんたちを「育てよう」とは思っていらっしゃらないはずです。本校は、生徒さんと教職員が、一緒に成長していく学校でありたいと願っています。

（令和4年10月27日発行「学校通信」掲載）

19 黙食

コロナ以降、黙食の弊害が各所で指摘されています。かつては友人たちと楽しくテーブルを囲んでお話をしていたはずが、今では静かにただ黙々と全員で同じ方向を向いて食べなければならないのです。それはストレスもかかるでしょうし、決して楽しい時間とはなり得ません。

とはいえ感染のリスクを考えると黙食の大切さも理解できます。やめるにやめられないこの悪しき習慣のお陰で、給食時間の楽しさが半減したと問題視されているのです。

ここまでは賛同できますが、私が問いたいのはその先のことです。食事の楽しさが半減した、残念だと、コロナはけしからんという声に対しては、「その通り」だと賛同できます。しかし多くの声はそこまで。つまり「文句」「愚痴」で終わっているので、そこから先の可能性を感じることができないのです。まさしく言われる通り！　そこから「で？　どうしたいの？」という発想が生まれてこないことこそに問題があると思います。

自分で何とかしようという意識がないから、起きている現象がいかによくないかを声にするだけで終わってしまいます。そうして仕方がないことにいちいち文句を言う前に、どうすれば仕方のないことなりに工夫の余地が生まれるかを考えることの方がよほど前向きで建設的だと思うのです。愚痴や文句の先を意識してみませんか？

先日訪れた京都の中学校でも黙食が奨励されていました。しかし、静かな中で食べても面白くないと感じた生徒さんたちが自ら発案し、校内に「ラジオ局」を開設、給食時間にはＤＪ役の生徒さんが、全校生徒からのリクエスト曲を紹介したりお手紙を読んだりして、それはそれは活気のある楽しい黙食となっているそうです。何と素敵な取組でしょうね。必ず「その先」を意識してみましょう。自分でなんとかできるのです。

（令和４年11月11日発行「学校通信」掲載）

20 投票率

つい先日、ある市の市長選挙の投票が行われました。その投票率が28％台であったとのこと。本当に悲しいことです。私たちの市の市長選挙も大差なく、直近の２０１８年の選挙では31％でした。大人は子どもが持っていないものを乱雑に扱ってはならないと思います。選挙権もその一つです。こんなことで良いのでしょうか？

よく「選挙に行きましょう！」という声を耳にします。もちろんその通りなのですが、問題提起の根本が違っていると私は思います。例えば、大人が子どもに「勉強しなさい」といくら声をかけたところで、子ども自身が勉強の大切さや面白さを知らない限りは「やらされる」勉強でしかありません。選挙に関しても同じで、「行け」と言われて行くのではなく、選挙の意義が身に染みていないことのほうがはるかに問題だと思うのです。なぜこんなに大切なことの意義が身に染みていないのでしょうか？

私たちは、幼少期より「素直で従順であること」を求められ（それが間違っているとは思いませんが）、異議を唱えたり対立したりすることを避けるようになってきてしまってはいないでしょうか？　特に学校という空間では、子どもたちの自主性が認められるのは先生方の想像が及ぶ範囲内に限られてしまい、自分たちで考え何かを決めるという経験が極端に少ないのが現状です。自らが声をあげても何も変わらない経験を重ねると、いつしか思うようにならない原因を周辺や環境のせいにしてしまうのです。

自らの意志を持つことの大切さを学んでほしいと願います。異なる意見は対立を起こします。対立をする勇気の先にこそ、合意形成を目指して互いの主張を認め合う価値観が育ちます。一票には当選か落選かを決めるだけではない重みがあるのです。自らの考えを一票に示す行為を軽んじることは、自分の声を発さないことと同じです。

（令和4年11月17日発行「学校通信」掲載）

21 ホッカイロ

随分と寒くなってきましたね。私は幼少期から寒いのが大の苦手です。そんな私に追い打ちをかけるような出来事が16年前に起こりました。心臓弁膜症という、それまで耳にしたこともなかった心臓疾患が判明し、心臓手術を受けたのでした。

ただでさえ寒さが苦手な上に、心臓疾患にとっては寒さは大敵です。苦手な冬がさらに苦手になってしまったのでした。冬場には冠攣縮性狭心症という症状に見舞われることもあり、緊急時への備えが欠かせないのです。ニトロペンというお薬を発作に備えて常備することに加え、少しでも気温が下がりそうな日には、必ず胸部にホッカイロを貼り付けて、常に心臓部が温かくなるように心がけています。

というような私の事情は、説明しなければ誰にも分からないことですよね？　私が自分で自分の命を守るためにニトロペンを持ち歩いていることも、胸にホッカイロを貼っていることも、誰も知らないことのはずです。こうして学校通信に書くことができれば、一瞬で多くの生徒さんたちにそのことを知ってもらうことができます。本校の生徒さんたちはとても優しいので、事情を知れば配慮をしてくれるし温かい言葉もかけてもらえます。私にはそれがとても嬉しい

し、本当に満たされた気持ちになります。
しかし、同じように何かの配慮がほしくても、それを周囲に打ち明けることができずに、ずっと我慢している人もいるはずです。自分自身のことをお話しするのは、人によってはとても勇気のいることですからね。ならば、事情を知ろうが知るまいが誰かへの配慮や温かい言葉かけを、特別なものではなく通常モードとして発揮できるようになれば、より多くの人が安心感を味わえるはずなのです。私はそんな「人に安心を与えることができる人」になりたいと思っています。誰に対しても温かい人でありたいです。

（令和4年11月24日発行「学校通信」掲載）

22 手段

先週末に愛知県田原市に行ってきました。愛知県に滞在したのは今回が初めてでした。知識として知っているはずなのですが、具体的に日本地図の中でどこに愛知県が位置しているのか、咄嗟に答えるのは怪しいものです（汗）。こんな時には、昔やりこんだ「桃太郎電鉄」が役に立ちます。ゲームから得るものは多いのです。

さて、今回私は「新幹線」を移動手段に選びました。初日は新大阪で一泊、そこから再度新幹線で豊橋まで移動し、さらに在来線に乗り換えて15駅でようやく三河田原駅に到着する、なかなか大変な移動でした。飛行機ならばもっと早かったのでしょうが、今回は時間はかかってもどうしても陸路で移動したかったのです。

最近自分のスケジュールが詰まりすぎていて、本能的に急ぐことを避けたかったのだと思います。飛行機は時間を生み出すことができるとても優れた手段です。しかし私は、今回「時間の速さ」ではなく「ゆっくりな時間」を大切にしたかったのです。飛行機から見える雲の様子も大好きです。でも新幹線の車窓から見える景色には、その土地その土地の生活が感じられます。在来線ならなおさらです。子どもたちの様子や木々の揺らめきまで、肌で感じることができて、とても心地良い時間でした。

何をなすにしても、手段は一つではありません。みんながそうするから、前回もそうだったからと、数ある手段の中からいつも同じ選択をしてはいませんか？　もちろん同じ手段を選ぶことが間違っているわけではありません。私は「たくさんの手段がある」ということを知ってほしいだけなのです。「自分の意思で選ぶ」「自分の意思で決める」ことを大切にすべきだと思っています。速さをとるかゆっくりをとるかだけでも、得るものは大きく違ってきます。と言い

つつ、それにしても遠かった（汗）

（令和4年12月8日発行「学校通信」掲載）

23 付加価値

私は「生産性」という言葉があまり好きではありません。そもそも生産性とは一体何なのでしょうね？　同じ時間をかけるならより効果的に、という考え方は分かります。しかし、何かの価値が生産性でもって評価されてしまうことに抵抗があるのです。

今や多くの人がスマホを持っています。スマホは凄いですよね。メールもゲームもネットもできるし写真も撮れます。本来は「電話機」だったはずなのに、今やものすごい数の機能が「付加価値」として加えられ、進化が止まりません。その反面、価格の高騰も深刻です。高い額を出して買っても、私のような機器の扱いが苦手な人にとっては、わずかな電話とメール、せいぜい写メを撮る程度で、とてもじゃありませんが使いこなせたものではありません。便利には違いありませんが、あれこれ加えすぎて、本来の「電話」の機能がおざなりになってしまっているような気がしてしまいます。

常に最上位に大切にすべきものを意識したいと思うのです。大切なものはたくさんあっても、最上位となると本当に何を大切にすべきかがはっきりしてくると思います。例えば先日の学校祭。大切なものをあげていくときりがありません。しかし最上位を一つだけ絞るならば、「楽しいこと」ではないでしょうか？　と言うと、必ず逆説的な疑問が生じます。「楽しいだけでよいのか？」答えは明確です。楽しいだけで１００点満点なのではないでしょうか。最上位が守られれば、あとは自然とついてくるものです。

付加される価値は文字通り付け加えられるものであり、最上位ではないのです。学校は欲張ってあれもこれも目的を増やしてしまいます。困った時は「最上位」を考えましょう。かといって、学校祭は「必ず楽しまなければならない」ものでもありません。楽しみ方は人それぞれですし、楽しむかどうかは皆さんの自由でもあるのです。

（令和４年12月15日発行「学校通信」掲載）

24 宝の持ち腐れ

日常的に何となく使っていることわざも、改めて意味を調べてみると、違った使い方になってしまっていたり、なるほどそうかと納得をしてみたり、意外と面白いものです。知っているつもりになっているだけで、実は知らないことは案外多いのです。

先日、あるフリースクールの駐車場で車を電信柱にぶつけてしまいました。車をバックさせていて、真後ろに電信柱があることに全く気づかなかったのです。結構な衝撃がありましたが、車のへこみ以上に心がへこんでしまいました。ショック…。

私の車にはバックモニターが付いています。真後ろに電信柱があるのですから、ほんの一瞬でも私がバックモニターに目をやっていれば、それはもう大きくアップで映っていたはずです。そのほんの一瞬の注意を怠ったがために、私は高額な修理代を支払うことになってしまいました。バックモニターを車に付けるのはオプションです。事故を起こさないためにわざわざ付けたバックモニターを使わずに事故を起こす…これこそまさしく『宝の持ち腐れ』です。すぐに辞書で意味を調べてみたら、『役に立つ物を持ちながら利用しないこと』『優れた才能がありながら発揮することがないことのたとえ』と書いてありました。本当にその通りですね。思わず爆笑してしまいました。

しかしながら、あの電信柱がもし生徒さんだったらと思ったら心底ゾッとしました。ぶつかったことは残念ですが、人を傷つけずに済んだのは『不幸中の幸い』だったのかもしれません。皆さんの中には、ことわざや四字熟語に何の興味もない人、苦手な人もたくさんいることでしょう。でも意味を知ることで、回避できるトラブルや不幸な出来事もあるのかもしれませんよ。授業で学び合うことの中には、このように『意外と役に立つ』こともたくさんあります。今回のことを『けがの功名』にしたいと思います

（令和4年12月23日発行「学校通信」掲載）

25 生きがい

皆さんは『人生を生きる意味』を考えたことがありますか？　私はこれまでの人生で幾度も自問自答を繰り返してきていますが、いまだに結論めいた考え方と出合うことはできていません。これから先もおそらく本質を見つけることはできないでしょう。生きていることへの意味

づけは自分自身で考えることであり、誰かから授かるものではないのかもしれません。つまりは『自分で考えなさい』ということになるのでしょうね。

私は今の立場から、『本校が平穏であること』を一番に願っています。他に代えがたい私の使命です。そのためには当然ある種の自己犠牲は必要になります。それは美談でも何でもありません。仕事ですから当然です。ならば、仕事を優先するなら家族はどうなるのでしょうか？そもそも家族と仕事は比較するものではありません。家族と笑顔でいられることは何よりの幸せです。どちらも優先なのです。

こうして『誰かのためにありたい』と願うことは人としての崇高な感情です。何をどうしても一人で生き抜くことはできません。さまざまな感情を超えて、私たちは誰かと共に社会を構成していかなければならないのです。かといって、全てを自己犠牲にして誰かに尽くすことは不可能です。持っていないものを誰かに与えることはできません。

『自分の人生を幸福に生きる』ことの大切さが、最近になってようやく理解できるようになってきたような気がします。私は楽器を吹くことが生き甲斐です。仲間と集まり、共にハーモニーを奏でる瞬間が人生で一番の幸せです。私はこの幸せを誰にも邪魔されたくはありません。だからこそ、誰かの幸せを侵害してはならないと強く思います。しかし自分が楽器を吹く瞬間、家族は置き去りなのです。私の幸せの陰には誰かの犠牲があるのです。ならば、私も誰かの幸

せのための犠牲も大切にしたいです

（令和５年１月12日発行「学校通信」掲載）

26 ＡＤＨＤ

ＡＤＨＤという言葉を聞いたことがありますか？　発達障害の中でも、注意欠陥多動性障害とされるタイプの総称です。私自身がＡＤＨＤで、特に不注意・多動の傾向が強かった小学生時代は大変でした。併せてＬＤ（学習障害）も持ち合わせていましたので、授業中はとにかくじっとしているのが苦痛で、鉛筆で自分の太ももを刺して、その痛みで気持ちを紛らわすことで動きたくなる衝動をおさえるのに必死でした。

苦労はしましたが、不幸ではありませんでした。友人たちから私の障害をただの一度もバカにされたことがなかったからです。落ち着きはなく、同じ失敗を何度も繰り返し、字もうまく書けない私を、周囲の友達がただそれだけの個性として受け入れてくれたおかげで、私は自分が発達障害であることを気にしたことはありませんでした。自分の中での苦労が対人関係の苦労に発展はしなかったのです。

この学校にもたくさんの発達障害の生徒さんがいます。私はどの人がどんな障害を持っているかには一切興味はありません。しかし、誰が何に困っているのか、何を苦しいと感じているのかには、常に気を配っているつもりです。本当に気の毒なのは、障害を持っている人ではなく、それをバカにする行為をしてしまう人です。

生まれた国、肌の色、言葉の違い、性格や考え方の違いがあることが当たり前なのに、その違いをバカにしてしまう人がいます。しかしお互いが成長して大人になった時に、かつての自分の行為を本当に恥ずかしいと思う日が来るのです。発達障害をバカにしたい人は、どうか私をバカにしてください。しかしその矛先が友人に向く行為を、私は許せません。許せないとは、お互いが他人を傷つける行動をとらないように、この学校でしっかり学んでもらいたい、という意味です。全員を大切に思っています。


（令和5年1月26日発行「学校通信」掲載）

27 豆まき

最初に結論からお話ししたいと思います。鬼の立場になって考えてみませんか？　豆をぶつけられて出て行けと怒鳴られるのです。かわいそう(>_<)　鬼には鬼の事情があるのかもしれませんし、追い出す前に話し合うことはできないものでしょうか？

もちろん、鬼に困らされている方々の立場も考えなければなりませんよね。その通り、だからこそ『対話』が必要だと思うのです。鬼さんはどうしてみんなが困るようなことをするの？　困っているみんなは鬼さんに困っていることをちゃんと伝えたの？　そもそもこのお話が生まれた時代の当事者と、今の私たちは直接何か関係があるの？と考えていくと、何も私たちが『鬼は外！』と一斉に鬼を追い出す必要性を疑ってしまうのです。いちいちここまで細かく考える必要もないのですけどね(^^;

鬼の正体はなんなのでしょう。私たちが豆まきに取り組む時に、実際に目の前にあの姿の鬼がいるわけではありませんよね。鬼とはすなわち、ひがみやねたみであったり、悪だくみであったりという類の、私たちの内面に巣くう弱き心、悪しき心だと思います。しかし私たちの中には、善の心も必ず存在しています。それが『福の神』だととらえるとすれば、私たちには鬼も福の神も両方が同居しているのではないでしょうか。
鬼だけを追い出して、福の神だけを招き入れようとしますが、そもそもが同一の存在だと思うのです。つまり、自分の弱さや人間的な未熟さとも、自分自身の一部として受け入れていきたいのです。だって得意も苦手も全部ひっくるめてそれが私たちなのです。もちろん成長はしたいですが、かと言って今の自分を全否定する必要はありません。福の神一色に染まるより、自分の中の鬼にさえもある種の『愛情』を感じてほしいのです。鬼さんと福の神さんが仲良くできると素敵だと思いませんか？

（令和5年2月9日発行「学校通信」掲載）

28 マスク

マスクの着用が自由になるようですね。ある意味一国の総理がマスク着脱の判断にまで責任を負って発表することに感謝を覚えます。自己判断は自己責任と背中合わせです。決めれば必ずそこに反対、そして批判がついてきます。決めるということはそれだけリスクもあるのです。

できれば誰かが決めてくれたら楽ですよね。それを示してくださったのですから、率直にその姿勢には私は感謝と共感をしているのです。では、立花高校としてはどうすべきなのでしょうか？　校長としての私の判断は？

そもそも、本校ではマスク着用を義務付けたことはありません。ただし国がそうすべきだと言ってきたのですから、それは尊重してきました。決断に従うこともまた大切だからです。しかし『強制』をした覚えはないのです。なぜならば、人にはその人それぞれの事情があるからです。それはマスクに限った話ではありません。何にせよ、そうである人とそうでない人が混在するが集団、社会なのです。人数の多数少数に関わらず、『配慮し合うこと』、そのために必要な『対話』が大切なのです。

考え方はぶれません。本校では『自分で考えて自分で決める』ことを身につけてほしいと常々言い続けてきています。なので本校は『厳しい学校』だと思うのです。誰も決めてくれませんからね。そして『自分のことは自分で決める』以上に大切なことが『他人の決定を尊重する』ことです。マスクをしている人がしていない人を批判するのは、とても悲しいことです。各々を尊重し合ってほしいのです。

マスクを外すかどうかは、自分でよく考えてください。そういう私は『決断』の責任から逃げているのでしょうか？　私は皆さんに判断の自由を保障するという決断をしたのです。そしてこの学校で起きる全ての結果の責任は私にあるのです。

（令和5年2月16日発行「学校通信」掲載）

29 原動力

最近、氷川きよしさんを見ていると涙が出そうになります。美しいメイクを施し、まるで女性のように振る舞う彼。きっと長い間我慢してきたのでしょうね。やりたいことをやりたいようにできる今の姿に『良かったですね(^^)』と祝福の気持ちが湧いてくるのです。彼がどんな服装をしようがどんな振る舞いをしようが彼の自由なのですから。

そもそも、氷川きよしさんが『彼』なのか『彼女』なのか、どうでもよい話です。ましてや氷川さんが日本人であろうがなかろうが、右利きであろうが左利きであろうが、魚が好きであろうがなんだろうが、そんなのは関係なく、氷川きよしさんは氷川きよしさんなのです。私たちと同じように、苦手があれば得意もある、そのまままるごと全部ひっくるめてあの方はあの方。私は私。そしてこれを読んでいるあなたはあなたです。

『自由』は時にすごく自分自身を苦しめます。何より大切な人間の尊厳なのに、なぜか『自由＝わがまま』という思い込みが社会をしばっているのです。他者を省みない自己中心と、自由というのは明らかに違います。自由と自分勝手を混同してもなりません。過去何回もここで書いてきていますが、自分の自由も他者の自由も同じように大切なのです。その配慮の中でお互いの自由を尊重すべきで、そこにある種の『同調圧力』は必要ありません。同じであることも違っていることも同様に尊いのです。

本校のトイレには男子トイレ・女子トイレ・共用トイレが存在しています。しかし社会には3種揃っていない空間もたくさん存在しています。話が大げさすぎるかもしれませんが、そもそも古代にはトイレそのものがなかったはずです。トイレが生まれ、2つに別れ、さらに3つに別れようかという時代です。あなたは何を我慢していますか？　それは次にそれを我慢しなくてすむ時代を生み出す原動力になるのかもしれません。

（令和5年2月22日発行「学校通信」掲載）

30 小さなこと

例えば、横断歩道を渡るときに止まってくれた車に会釈をするとか、コンビニに入店しようとする時に、逆に出ようとする方がドアをそっと開けて待ってくれているとか、そんな小さなことで社会は成り立っていると思います。そもそも社会は、前提として『個人』が、さらに言うなら『個人の尊厳』が大切にされるのだと、私は思っています。

対して『世間』は何となく漂う空気感、枠組みみたいなものでしょうか。私たち日本人は、個人の前に『世間』が優先されてしまうように感じています。『こうあるべき』だという思い込みが時に束縛となり、個々の自由を侵害してしまうのです。このように社会と世間は、よく似てはいますが実は明確に異なるものではないでしょうか？　あくまでも私の細かな個人的な見解ではありますが、『それぞれの幸せ』を願うのが社会、『みんな仲良く』を求めてしまうのが世間、このような私のイメージです。

どちらがどうと比較するつもりはありませんが、世間を盾にして誰かを責める人は、主語が自分にはありません。みんながこうだから、とか集団の空気感をもとに話をします。『自分はこう思う』ではなく『みんながこうだから』という基準が優先されるのです。冒頭に述べたよ

うな『小さなこと』は、そこに自分が存在しています。自分の意志で他者への配慮を行う感性の中に、『仲良くしなければならない』のような義務感は少ないのではないでしょうか。かといってすすんでトラブルを起こす必要もありません。個人と個人が必要な小さな配慮の中で社会を成り立たせれば良いのです。

校内の雛人形やさまざまな作品等、誰かの想いの詰まったものへのいたずらは、本校ではこれまで起きたことはありません。空気感や義務感ではなく、個々の意思がそれらを大切してくれているのでしょう。そんな小さなことで社会は成り立っているのです。

（令和5年3月2日発行「学校通信」掲載）

31 人差し指

亡き母親から徹底して私が言われ続けていたことが一つだけあります。正確には口うるさくあれもこれもやかましく言われ続けたのですが、中でも一番耳に残っている教えがあるのです、幼少期は何となく聞き流していたのかもしれませんが、母が亡くなってからより一段と母のその教えが身に染みるようになってきました。

それは『人の陰口を言わない』というものです。母は自分の指を使ってそのことを分かりやすく説いてくれていました。私たちは、無意識に誰かのことを指さします。物理的に本当に指さすかどうかは別ですが、誰かをさして陰口を言ってしまいます。そして指さす時には人差し指でその方向をさすことが多いです。その時の小指・薬指・中指の3本がどうなっているか、自分で手の形を作って確認してみましょう。

さす指は人差し指一本でも、小指・薬指・中指の3本は自分自身をさしているのではないでしょうか？　つまり、誰かに向ける陰口は、やがて自分に3倍になって跳ね返ってくるのです。天に向かって吐く唾は、全部自分自身に返ってきます。同じことです。私たちは他人のことを言いながら、実は自分自身にその言葉を浴びているのです。

時には愚痴も悪口も陰口も言ってしまうこともあるでしょう。私たちは弱い人間ですからね。しかし、ついつい言ってしまったこと、ついついネット上に書き込んでしまったことは絶対に消えないのです。そして「ついつい」が度を過ぎると、全て自分自身に何倍にもなって返ってくるということを、私たちはとても重大に自覚しておかなければなりません。今思えば、母は「自分に不利益になるから」陰口を制したのではなく、過信を戒め常に謙虚である姿勢の大切さを諭してくれたのだろうと感謝しています。私は誰かのことを評することができるほど、達観した人間ではありません。

（令和5年4月13日発行「学校通信」掲載）

32 お叱り

本校最寄りのＪＲの駅から、生徒さんの駅利用マナーについてお叱りの電話をお受けしました。大変ありがたいことです。教育は地域全体のお仕事です。見て見ぬふりをされずに声を上げてくださる大人の方の存在にはただただ感謝です。

今回ご指摘をいただいたのは、改札前のベンチの利用状況に関してでした。本校の生徒さんが独占していて足を怪我しておられる一般のお客様が利用できなかった、点字ブロックの上に荷物を置いていた、というような内容でした。

午前中授業で下校するのです。友達と話したいことも山ほどあるでしょう。私が高校生の頃を思い出すと、ついついベンチを占拠して長い時間話し込んでしまう君たちの行為そのものは、正直微笑ましくも思います。もちろん気をつけてほしいとは思いますが、人の道を踏み外して厳しく批判されるべきものでもありません。

私が今回全校生徒の皆さんにしっかり考えてほしいことが何なのか？と問われたら、おそらく君たち全員が言われるまでもなく、しっかりと気づき理解できるはずです。気づかずにかけてしまう迷惑は、そこで学んで改めていけば良いのです。迷惑は正しくかけ合うべきもので、迷惑そのものを私は否定しません。今回は何を学び何を正すのか、それはいちいち先生方が細かく指摘するものではないのかもしれません。なぜならば、君たちはそれを知っているし、気づくことができるからです。

起きたことは残念でした。しかしそれを外部の方から教えていただけたことは本当に幸運ですね。気づかないままだと失敗をずっと続けてしまいます。お互いに声をかけ合って、この学校を大切にしてくれる地域に、大切を返していきましょうね。

33 命

（令和5年4月20日発行「学校通信」掲載）

職員室前の花壇に『ぼんちゃん』のお墓があります。ぼんちゃんは実は生徒さんが一生懸命育てたかわいらしい『サボテン』さんでした。職員室で一緒に生活していたのですが、1年前の今頃に残念ながら枯れてしまったのでした。そこで、生徒さんと先生方が一緒にお庭に埋めて、ぼんちゃんのことを今でも大切に思い出しています。

先日、そんなぼんちゃんのお墓のすぐ近くに、一匹の『メダカ』さんのお墓が加わりました。職員室の入り口の水槽で金魚さんとメダカさんが生活をしているのを皆さん見たことありますよね？　いつも生徒さんが丁寧に丁寧にご飯をあげて、大切に育てているのです。ところがある日、想定以上のご飯を食べてしまい、3年生が懸命に助けようとしたのですが残念ながら一匹亡くなってしまったのでした。悲しかったです。

本校には他にも事務室にハムスターのまさよしくんがいます。猫ハウスにはネコさんたちも

住んでいます。みんな生徒さんや先生方のたっぷりの愛情を受けています。動物と植物の違いこそあれ、校庭のお花も木々もみんなみんな大切な『命』なのです。メダカならば亡くなっても平気ですか？　サボテンだから枯れるのは仕方ないですか？

メダカさんやサボテンさんのお墓がある学校は、大変珍しいかもしれませんね。でもそれだけ、その命を大切に想っている人がいる証なのですから、珍しいか珍しくないかではなく、私はとても大切なことだと思っています。体には大きい小さいの差があります。しかし、『命』の重みには、どんな生き物であれ決して違いはないのです。

自分の命を大切にしましょう。同じように周りの命を大切に思いましょう。周りとは？　周りのメダカもサボテンも、近所の方々も家族もみんな含まれます。周りも自分も大切だと思える感性が、さらにあなた自身の人生を大切に歩む力にもなるのです。

（令和5年4月27日発行「学校通信」掲載）

34 規律

言うまでもなく『規律』は大切です。人の行為として、集団を維持するためには一定の秩序がなければ、集団性は崩壊してしまうかもしれません。私はいつも『自由』がいかに大切かを生徒さんにも先生方にも説いているつもりです。急に『規律』も大切だと言い出したら、ひょっとしたら混乱するかもしれませんね？　よく考えてみましょう。

そもそも私は『規律』を軽んじているつもりはありません。何となく多くの人の中に、無意識に『自由』と『規律』を相反する存在として考えていることが多いと思っています。果たしてそうでしょうか？　自由と相反する存在は『責任』です。

自由はとことん自由なのです。大人はすぐ自由と責任（義務）をセットにしてしまいますが、自由はそもそも何かとセットになるべきではありません。では、無責任でも良いのでしょうか？規律や秩序は一切集団に必要ないということになるのでしょうか？

私たちが本当に学ぶべきは、お互いの自由を尊重し合う感覚、『自由の相互承認※』です。責任や義務でもって自由をしばり規律や秩序を維持するのではなく、お互いの自由を大切に思いやる中から、自然と生まれる規律や秩序である方が、私の考える本質なのです。大人が圧をか

けて一見維持されているように感じてしまう規律や秩序は、ただの人権侵害とあまり変わりはありません。私は自由が基盤となっているかどうかに、ものすごくこだわっているのです。
圧をかけて出来上がる規律や秩序の方がうんと手っ取り早いです。しかしそれは崩壊する時もまた悲惨です。クーデター等で一夜でなった軍事政権が、ずっと規律や秩序を維持している前例などありません。どんなに時間がかかっても、お互いを思いやる気持ちを、この学校で少しずつ身につけていってほしいと願っています。

（令和5年6月1日発行「学校通信」掲載）

※『自由の相互承認』については、『「学校」をつくり直す』（著：苫野一徳／河出新書）等を参照してください。

35 働き方改革

学校の先生の働き方改革が声高に叫ばれ続けています。私はこの言葉は実は嫌いです。学校の先生に限らず、働いてお給料をいただくということは、決して楽ではありません。職業を問わず皆さん必死に働いているのに、学校の先生だけが守られる風潮にあぐらをかいてのっかるつもりはありません。私自身も幼少期から憧れ続けてようやくかなえた夢なのです。少しでも生徒さんのために働きたいという気持ちでいっぱいです。それは私に限らず、この学校に限らず、全国の先生方がそうだと信じています。

だからこそ、働き方改革が必要なのですよね。正規の時間に正規の力を発揮するために、私はこの学校の校長として誤解を恐れずここで力強く宣言したいと思います。

『勤務時間外や休日には、本校の先生方のプライベートを最優先させてください！』

仕事をしないと言っているのではありません。その方が、良いお仕事ができるし、それが結果的に子どもたちのためになると思うのです。何かを犠牲にして手に入れるものは決して長続きはしません。皆さんもそうであるように、先生方にも家族があります。友人がいます。好きな趣味があり、時には泣きたくなるほど落ち込むこともたくさんあります。それでもこの職場を選んで、ここで働いている私たちにとっては、生徒さんの幸せを願う気持ちがとても重要なモチベーションなのです。そんなに大切なものなのに、誰かの犠牲が前提になっていることは不自然だし理不尽でなりません。

繰り返し強調しますが、その方が良い仕事につながると確信しています。手を抜きたい、楽をしたいというのではなく、正規のお仕事の質をしっかりと向上させたいのです。生徒の皆さんの前にいる時間帯の先生方の魂が、命が、力強く輝けるためにも、プライベートは『同じ人なのかな？』と笑えるくらいリラックスしていただきたいのです。

（令和5年6月22日発行「学校通信」掲載）

36 夏風邪

一週間風邪の症状に大変苦しんでいます。バス車内で冷房が効きすぎていて嫌な予感がしたのですが、その予感が当たってしまいました。熱は37度台前半ですのでさほど高くはないのですが、とにかく咳がひどいのです。特に横になると一層激しく咳きこんでしまうので、睡眠がとれていません。本当に困ったものです。

立場上、コロナとインフルエンザはまずいので検査は都合3度行っています。いずれも陰性でホッとしました。いやいや、ここに落とし穴があるのですよね。コロナやインフルエンザではないというだけの話で、私は風邪をひいているのです。まずはその自覚が必要です。症状が出るということは私の体が正常にウィルスと戦っている証拠ですので、私も一緒に戦っているつもりなのですが…きついと自覚したら休養をとることもまたとても大切なのです。ついうっかり、「風邪は大したものではない」と思ってしまうのですが、「風邪は万病のもと」とも言います。用心するにこしたことはありません。

何事もそうですよね。私が教員になりたての頃は携帯電話等はありませんでした。少しでも時間が遅くなると、子どもさんの帰りが遅いことを心配する連絡が、当時勤務していた中学校の職員室にはたくさんかかってきていました。今ではスマホですぐに連絡が取れますのでその心配はないのですが、よく考えると子どもさんが帰宅しないことは、連絡が取れる取れないに関係なく、心配なことに違いはないはずです。ついつい本質を見失ってしまいがちであることを私たちは自覚しなければなりません。

先週末は東京出張でした。咳きこんで眠れないこと以上につらかったのが、隣の部屋の方に、私の咳がよほどうるさかったのか深夜に壁を激しく叩かれてしまったことでした。咳以上にご迷惑をおかけしていることがなおさらつらく苦しい夜でした。私ならば隣の部屋から咳が聞こえてきたら、その方のことを心配するのですが…。

（令和5年6月29日発行「学校通信」掲載）

37 持っているもの

幼少期より、私は音楽が大好きでした。と言っても、自宅に別に楽器があったわけではありません。私の音楽好きを知った近所の友人のお母さんが、週に一回だけピアノを弾きに行くことを受け入れてくださったのでした。幼稚園の頃から自宅で一切練習ができないまま週に一回30分だけピアノを習うという奇妙な習慣が、結局小学校を卒業するまで続きました。今思えば、無理な練習を嫌々課されることがなかったのが良かったのかもしれません。上級生になると迷うことなくクラブ活動として『トランペット鼓笛隊』に入部しました。上手ではなかったものの楽器を吹く喜びを覚えました。

自宅では中古でもらってきたクラシック音楽のレコードをずっと聴いていました。読書する本もひたすら音楽関係のみ。気がつくと、中学校時代には音楽以外には何のとりえもない、成績も最悪の状態になってしまっていました。それでも両親は決して『勉強しなさい』とは言わず、親戚から中古のピアノをもらい受けてきてくれて、好きな音楽だけは何一つ不自由することなく取り組める環境をつくってくれたのでした。

中3の三者面談での出来事です。そんな私に担任の先生が『きみには音楽があるがね！』と最高のほめ言葉をくださったのです。他の教科の成績は散々な内容でしたが、それには一言もふれずに私の音楽への熱意だけを最大限に認めてくださいました。それまで私は『自分には音楽しかない（音楽以外はダメ）』だと思い込んでいましたが、その日以来『自分には音楽がある』と自信を持つことができました。

その後の私は、音楽関係の大学に行くために人が変わったように火がついたように勉強しました。次々に人生が音楽のおかげで彩られていきました。『ないものを嘆くより、あるものを大切に』は、私の人生を通して得た実感です。今はそれがまだなくても大丈夫。今からゆっくり見つけていけば良いのです。人生は一生発見の旅なのです。

（令和5年7月13日発行「学校通信」掲載）

38

7月20日

人間は常に『ないものをほしい』と思ってしまう生き物だと思っています。国同士でも、他国の資源や領土がほしくて戦争にまで発展したり、友人が持っているものがほしくて保護者の方に必死に買ってもらうようお願いしたりと、国であろうが個人であろうが『持ち物を増やしたい』という占有欲にかられてしまうのです。

しかしその陰で、既に持っているものの有り難味はついつい薄れてしまうものです。大きな何かを失ってみて、初めてその大切さに気づいたというような経験はないですか？　私にとって忘れられないそんな経験が、昭和59年7月20日に突然訪れました。中学校からの同級生だったOくんが、美しい海の波間にその命を奪われてしまったのです。17歳でした。学校全体を包む深い悲しみが忘れられません。

前日に市役所の方がたてかけた『遊泳禁止』の看板に自転車をたてかけて海へ急いだ我々に弁解の余地はありません。ただ、私たちは決して反社会でも非社会でもなく、好奇心の旺盛な健全な集団だったのです。海で涼を取りたいという、そのほんのちょっとの好奇心を抑えきれなかった代償はあまりに大きいものでした。

『あなたたちが巻き込まれなくてよかった。Oの分まで頑張って生きようと思わなくていいのよ。あなたはあなたらしく生きてね』お通夜の際に、行動を共にしていた友人たちに健のお母様がかけてくださった言葉です。私はこの言葉から、得意も失意も越えて懸命に自分の人生を生きようという強い決意をいただきました。

あれから39年が過ぎようとしています。Oくんの分まで生きる余裕は今でもありませんが、

Oくんから学んだ『命の大切さ』『生きていく決意』を君たちにしっかり伝えていくことが私の使命だと思っています。君たちは何より大切な『命』を既に持っているのです。

（令和5年7月20日発行「学校通信」掲載）

39 ピアノ伴奏

音楽は過酷です。時間と空間の芸術なので、一度出した音は二度とやり直しがききません。録音ならば何度でも満足がいくまで録り直せるのですが、生演奏だとそうはいきません。自分一人のソロ演奏であれば自分がその評価を受ければ済む話ですが、これが誰かほかの人との共同作業（重奏や合奏、伴奏などです）であれば、責任が格段に大きくなってしまいます。お互いを信頼し合う責任はとても大きいのです。

先日の開講式で、いつものように校歌斉唱がありました。3年生のTさんがピアノ伴奏を担当してくれましたが、途中で少し伴奏を間違えてしまいました。生演奏では間違えることが当然であり、決して失敗ととらえる必要はありません。人前で演奏する緊張や、間違った瞬間に目の前が真っ白になるパニックは、それを経験した人でなければ決して想像すらつかないでしょう。自分がどの部分を演奏しているかすら分からなくなってしまうものです。私が皆さんに伝えたいのはその後の行動です。

彼女は懸命に演奏を立て直し、見事に最後まで演奏を続けました。そこで諦めてしまっても、本校の生徒さんたちは誰もその間違いを責めないと思います。私自身今まで何度もそこで演奏を止めてしまう場面を見てきました。『止まらずに何とか弾き続ける』ことがどんなに困難なことなのか、音楽家の端くれとして私は理解しているつもりです。私自身、極度のあがり症で本当に苦労した時期を経験しているのです。

人は皆、どんなに頑張ってもどんなに準備を重ねても、それでも失敗をしてしまう生き物です。他者の失敗に寛容でない人は、いずれ自分自身が大きな失敗をしたときに後悔するかもしれません。失敗を責めるのではなく、その後の立ち上がる勇気を称賛する気持ち、そして自分の失敗を恥じない気持ちも共に大切にしましょうね。

（令和5年8月31日発行「学校通信」掲載）

40 平和学習

8月は、各学校において最も盛んに平和学習が行われる時期です。夏休み期間ではありますが、登校日等を設けてまで行うほど、平和学習を大切にしているのです。子どもたちが再び戦火に巻き込まれないようにするための大人の責任は重いです。

さて、それだけ大切な平和学習が夏場だけに集中していて果たして良いのでしょうか？ この時期に戦争の悲惨さを語り継いでいくことはとても大切です。しかし、それはあくまで平和学習の入り口でしかないと思っています。真の平和教育はそのうんと先にあります。平和学習の目的は『どうしたら戦争を起こさないようにできるのか』という、自分を主語にした具体的な行動を描くことではないでしょうか？

極めて多くの人が『戦争は良くない』ことは共有して思っていることだと思います。それでも戦争が起きてしまう一つの要因は、国の思想がそちらに走り始めた時に『戦争をとめる民意』が醸成されにくい集団性にあると私は思っています。この日本においては『協調性』『集団性』が必要以上に求められるあまり、反対意見を口にしにくい雰囲気が子どもにも大人にもありませんか？『それは違う』『自分はこう思う』という自分主体の意見が出しにくいのです。そして他者決定に依存して思うような結果にならなかったときに、今度は人のせいにしてしまう風潮も強くあると思います。

平和学習の根幹をなすのは、『自分で考える』『自分で決める』ことを体感することだと私は確信しています。自己決定の機会が極端に少ない日本の子どもたちは、素直で従順であることが良しとされています。理不尽なことや合理的でないものになぜ従順にならなければならないのでしょう？　自らの意見のみを強硬に主張し他者の意見に耳を傾けないことは良くないですが、異なる意見を尊重し合い対話により合意形成をなす経験を積んでいく先に、小さい平和が少しずつ広がっていくはずです。

（令和5年9月7日発行「学校通信」掲載）

41 想像力

人間の情報は、主に『見る』『聞く』という手段でもたらされます。自分自身が直接体験していないことでも、他の人が経験した報告を見たり聞いたりすることを通して知識量が増えることはとても大切ですよね。しかしただ見たり聞いたりするだけでは決して十分ではないはずです。そこにプラス『想像力』がとても重要になると思います。

私立の高等学校に通う生徒さんたちは、『就学支援金』という制度が拡充されたことで今は授業料が実質無償となりました。これは『結果』です。いや、『結果でしかない』と言うのが正確でしょう。なぜならこの制度が、誰がどんな苦労をして勝ち取ったものなのかは多くの人が知らないことだからです。それは当事者しか分かりません。

私自身が、私学協会の役員となって以降そのような会議の場に出席することが多くなりました。そこで痛切に感じたことがあります。それは、今まで結果しか目にすることがなかった陰で、どれだけ多くの人が言うに言われぬ苦労を重ねてきたのかを全く想像できていなかったという反省です。知識としては知っていましたが、当事者となって見える景色は今まで知らなかった世界なのです。自分の浅い見識を恥じました。

出た結果に意見を言うことは簡単です。しかし、その結果を出す前の苦労を想像し思いやるだけで言い方は違ってくるはずです。そして実際に苦労して結果を導き出す側の人たちも、自らの大変さをひけらかすのではなく、結果を受け取る人たちの想いを想像することがより求められるはずです。そうしてお互いに想像し合うことで、お互いを尊重するという一番大切な姿勢が構築されるのではないでしょうか。

立場が違うと見えることも聞こえることも全然違ってきます。同じ立場に立つことは不可能でも豊かな想像力があれば立場の違いを超えていけるのだと思います。

（令和5年9月14日発行「学校通信」掲載）

42 弁護士さん

弁護士さんのお仕事は？と聞かれて皆さんはどんなことを想像しますか？　最近はテレビドラマ等でも弁護士の活躍を扱う内容が増えてきて、以前よりイメージしやすくなっているのかもしれませんが、テレビで伝わってくる弁護士さんのお仕事は、あくまでもその仕事の一部でしかありません。ちょっと難しいお話になってしまいますが、弁護士法という法律の一番最初の項には、弁護士の使命として次のように書いてあります。

『弁護士は、基本的人権を擁護し、社会正義を実現することを使命とする』

事件の被告人の弁護等の印象が強い弁護士さんのお仕事ですが、最上位は『基本的人権の擁護』と明記してあるのです。そんな弁護士さんたちが、実はよく本校に見学に来ておられることを知っていますか？　明日金曜日も12名の弁護士さんたちが本校を訪れます。なぜ弁護士さん方は本校に興味を持たれるのでしょう？

本校はとても自由な雰囲気ですよね。少なくとも多くの学校よりもうんと自由度は高いはずです。それは本校のとても良い部分の一つです。しかし、一方で集団行動や規律という面では、本校より他校さんの方がうんと優れているのかもしれませんね。学校という体質は、この集団行動や規律を最上位に掲げてしまうことが多いのです。対して本校では、最上位には『自由』を掲げています。それは皆さんの『基本的人権』だからです。先生たちが厳しく指導すれば、本校でももっと目を見張るような集団行動や規律が保たれるのかもしれません。しかしそもそもが、先生方が大声を出したり、無理やり君たちに何かをさせたりすることそのものが、基本的人権の重大な侵害にあたるのです。

自由を掲げる本校には本校ならではの苦悩や葛藤が先生方にも生徒さんたちにもあるはずです。弁護士の皆さんは、自由を求める数少ない学校の、ありのままの姿を視察され、他の多くの学校にその意識を広げようとしておられるのです。決して本校が優れているわけではありません。いつも通りありのままの姿にこそ意味があるのです。

（令和5年10月12日発行「学校通信」掲載）

43 たった

　たったひとつまみのわさびをお醤油に入れただけで、劇的に辛くなってしまって食べることができなくなる人もいるでしょう。コーヒーにたった一滴のミルクをいれるだけで、その白い点は一気にコーヒーに広がっていきます。私たちが『たった』と思っている小さな小さな存在は、決して小さくはないですし、ましてや『たった』とは言えないのです。

　学校のお隣様から、厳しいお叱りを受けました。体育館の横にドッグランがあります。そこにペットボトルが破棄してあるのです。時にはその柵を乗り越えて、本校の生徒さんが学校外の民家の区域で話をしていることもあるそうです。全校生徒さんの中のたった数人の行動が著しく本校の地域での信頼を傷つけているのです。

　ペットボトルの破棄は不法投棄で5年以下の懲役若しくは1千万円以下の罰金またはその併科が課される犯罪行為です。民家の区域に勝手に入るのも、同じように懲役か罰金、併科が課されます。これまた『たった』の行為ではないのですよね。

　私が今皆さんに何を言いたいと思いますか？　この『たった』数人の犯罪行為を厳しく批判・断罪したいのでしょうか？　『たった数人』が全体の信頼を傷つける行為として『他人に迷惑

をかけるな！』と叱り飛ばしてしまうことに、私は物事の本質を感じません。
全員が本校の大切な生徒さんなのです。私たちの体の機能も同じです。右手がけがをしたら、左手が右手のカバーをするはずです。左目の調子が悪いときは、右目が左目の分までカバーしてくれます。できないことはできないですが、できる範囲でカバーし合うのが『助け合い』です。たった数人に怒るより、その数人の本来の素敵な内面が輝けるよう、お互いに正しい行動を目指していく雰囲気づくりこそが、全体に求められているのではないでしょうか？ 学校の評価などどうでも良いです。たった一人を、地域との絆を、大切にする価値観が育ち合えば、ペットボトルの破棄は自然となくなるはずです。

（令和５年10月19日発行「学校通信」掲載）

44 面接練習

この時期、３年生は進学や就職に向けての校内面接が盛んに行われています。人生を切り拓く上で大きな試練ですね。まずは皆さんの挑戦に大きな敬意を表します。

校長面接に臨んだ人に自己採点を聞くと、多くの人が低い自己評価であることが毎年共通です。理由は『緊張して上手に答えることができなかった』というのがほとんどです。私はその感想こそが100点満点の面接だったという証拠だと思うのです。

面接が得意な人は緊張しながらも上手に乗り越えることができます。苦手な人はなかなかそれが難しいのです。ならば、『上手に答えられなかった』というのは、苦手な人の苦手さがちゃんと表現できているのではないでしょうか？　その場で練習に練習を重ねた立派な面接を行って合格できたとして、それは背伸びをした仮の姿を表現しているにすぎません。仮の姿を表現し続けることはとても難しいのです。

私が生徒さんたちに言い続けてきていること、それは『そのままでよい』ということにつきます。つまり面接が緊張してうまくいかない人は、実際の面接も上手に答えられないことこそが『その人らしい』面接なのです。それでも緊張と戦いながら一生懸命発言しようとする姿勢から、その人の人柄は充分に相手に伝わるものです。

苦手を克服するための練習・努力はとても大切でしょう。しかし、それがクリアできなかったとしても、そんな『ありのままの自分』をまるごと受け入れてくださる進学先や就職先と縁があることもとても素敵なことだと私は信じています。らしさを失ってまで『立派さ』を手に入れるより、これまでの君たちの経験で培ってきたであろう『今の自分自身』をそのまま信じましょう。苦手も得意もどちらも同じように素晴らしいのです。

（令和5年11月9日発行「学校通信」掲載）

45 予兆

唇にヘルペスができてしまいました。ここ最近で3回目です。出来始めから膿が出て最後に自然とつ・（かさぶた）がはがれて治るまで約2週間程度、違和感や痛みと共に過ごすことになります。特に私は楽器を演奏しますので、唇の違和感はかなり致命的です。

でき始めの最初は、ある瞬間に感じる小さな小さな『異変』です。唇の一か所だけ少し硬くなるのですね。するとそれがだんだんと赤味が増していき、やがて大きく化膿して破けるのです。しかしこの時点では実は痛みはそれほどでもありません。最悪なのが治りかけの時です。何をするにも激痛が走り、食事をするのもとても不便です。

この『異変』が、はっきりとした『存在』になっていくのですが、あくまでも異変とはヘルペスという一つの枠内での予兆にしかすぎません。私が気をつけたいのは、ヘルペスそのもの

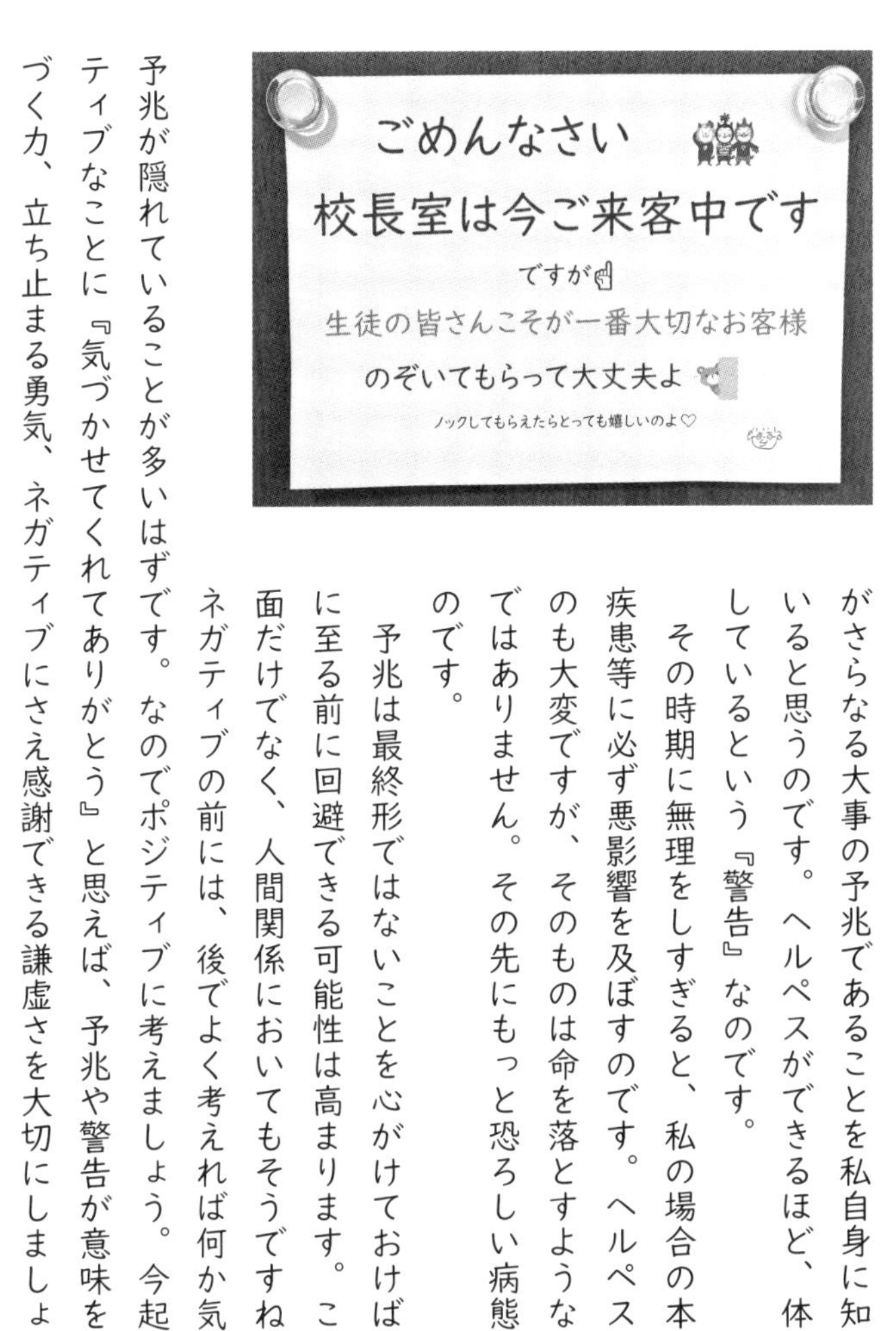

がさらなる大事の予兆であることを私自身に知らせてくれていると思うのです。ヘルペスができるほど、体の機能が疲労しているという『警告』なのです。

その時期に無理をしすぎると、私の場合の本丸である心臓疾患等に必ず悪影響を及ぼすのです。ヘルペスの痛みそのものも大変ですが、そのものは命を落とすような致命的なものではありません。その先にもっと恐ろしい病態が隠れているのです。

予兆は最終形ではないことを心がけておけば、何事も大事に至る前に回避できる可能性は高まります。これは何も身体面だけでなく、人間関係においてもそうですね。何か大きなネガティブの前には、後でよく考えれば何か気になる小さな予兆が隠れていることが多いはずです。なのでポジティブに考えましょう。今起きているネガティブなことに『気づかせてくれてありがとう』と思えば、予兆や警告が意味をなします。気づく力、立ち止まる勇気、ネガティブにさえ感謝できる謙虚さを大切にしましょう。

（令和5年11月30日発行「学校通信」掲載）

46 横断歩道にて

毎朝、近くの高校の生徒さんたちとすれ違います。彼らの登校時間は、本校の生徒さんたちより1時間以上早いので、ちょうど私が出勤する時がその高校さんの登校ラッシュの時間帯と重なるのです。近くの横断歩道で私が停車して同校の生徒さんたちを渡らせてあげると、どの子に限らず私に対して深々と会釈をしてくださいます。そこの校長先生に尋ねると、学校としてそうしなさいと特段命じているものではないそうです。

車の運転者には歩行者を守る義務があります。横断歩道に歩行者がいる場合には私たちは車を停めて歩行者を優先させなければなりません。そうしなければ法令に違反することになり、反則金を払わなければならなくなってしまいます。

ならば私は『決まりがあるから』横断歩道で停まるのでしょうか？　答えは明確にそうではありません。車と歩行者では圧倒的に歩行者の方が弱者です。私は強い立場にある者として、いや立場の強弱に関わらず『他者への配慮』として、自分の意思で車を停めるのです。同じようにその高校の生徒さんも決まりとしてではなくて個々の気持ち、彼ら自身の意思として私に会釈をしてくださるのです。つまり、決まりがあろうがなかろうが、私たちの行動を律するのは自分自身の意思なのではないでしょうか？

決まりがないから、怒られないから、等の言葉をよく聞きます。一歩深く考えてみましょう。決まりがなければ維持できない集団、発想の方がよほど危険です。怒られないから何をしても良いというような理屈が通るはずもありません。私たちは常に、自分の意志で考え、自分の意志で決定し、自分の意思で行動しなければならなのです。

近隣の高校や中学の生徒さんも、本校の生徒さんも、みんなが愛おしくまぶしいです。出勤中の何気ない場面が、とても大切な気づきをもたらしてくれます。


（令和５年12月14日発行「学校通信」掲載）

47 感謝

12月になると、一人の男性のお顔を大変懐かしく思い出します。Ｉさん。お父様の代から写真屋さんを開業しておられ、本校にも各行事のたびに撮影に来てくださり、『写真屋のおじちゃん』として親しまれていました。

今から40年近く前、本校の生徒が100名にも満たなかった時代の出来事です。若き青年教師だったK副校長先生が、生徒さんのために卒業アルバムを作ってあげようと各社に問い合わせをしました。しかし生徒数が少なく利益もないということで、断られ続けたそうです。そんな中、たった一社だけ『子どものためなら』と引き受けてくださったのがIさんのお父様だったそうで、それ以来本校はIさんに代替わりして以降も変わらず、学校の四季折々を撮影し続けていただいてきたのです。

そんなIさんが5年前の12月に亡くなられました。本校が新校舎になり、全校生徒数も当時の5倍以上となっていましたが、あの時代と変わらず笑顔で丁寧に撮影をしてくださったIさんは、かけがえのない大切なことを本校に残してくださっていると私はいつも思っています。本校の生徒さんがどんなに増えようが、先生方がどんなに若返ろうが、Iさんは生徒さんには笑顔で、若い先生方には常に敬語で、変わらずに接し続けてくださいました。私たちも常に『原点』を忘れてはならないのです。

調子が良くなると悪い時を忘れます。何かがうまくいくと、かつての失敗を忘れてしまいます。誰も救いの手を差し伸べてくださらなかったあの時代にいただいた深いご恩を私たちは決して忘れてはなりません。先生方も生徒さんも、校内ですれ違うお客様こそが本校の今を支えてくださっているということを改めて自覚しましょう。そこでどうするのかは皆さん次第です。

感謝は強要されるものではありませんからね。私はお客様にIさんの笑顔を重ねて、常に丁寧な態度をとるように心がけているつもりです。

（令和5年12月20日発行「学校通信」掲載）

48 お掃除部隊

先日の開講式で、運動場で活動した後の校内の汚れについてお話ししました。実は先生方は、廊下の汚れがずっと継続している状況を受けて、改善方法の一つとして新1年生に運動用の靴を購入していただくことを検討していたのでした。開講式での話を受けて、生徒さん側に全く改善が見られなければ、ひょっとしたら新1年生は靴を購入することになるのかもしれません。

昨日、多くの生徒さんたちが校内を自主的に清掃する様子が見られました。涙が出るほど嬉しかったです。目に見える美しさはもちろん、汚れを放置しない公共心など、とても大切なものが成長していくきっかけとなることでしょう。新1年生も余計な出費をしなくても済むのかもしれません。在校生の何気ない優しさが、まだ見ぬ1年生にも届こうとしているのです。優しさが遠くまで届くのは、とても不思議なことですよね。

　禁止や命令で保たれる秩序は、本当に自分の中からにじみ出る力にはなりません。私が長く強く望んでいるのは、このような『生徒さんの主体性』なのです。

　しばらくこのような心がけを続けてみませんか？　すると必ず不満の声も上がってくるはずです。『いつも同じ人ばかりが掃除をしていて、しない人は全然してくれない』と。逆に私は問いたいです。『君たちは何をモチベーションに清掃に取り組むのですか？』

　自分の誇り、矜持（「きょうじ」と読みます。意味は自分で調べてみましょう）を大切にしてほしいのです。何かをやるかやらないかは結局自分で考えて自分で判断しているのです。人がどうこうではなく、自分を主語に考えて決めていきましょう。

　そしてきっと、まだ見ぬ人に届く優しさが醸成されれば、今目の前にいる人たちにもそれは必ず届くと信じましょう。そうして自主的な清掃の輪が広がっていくと嬉しいですね。汚さない努力も大切です。汚れを放置しない感覚はもっと大切です。君たちには、そんな大切さが自然と醸成される力があると、私は強く信じています。


（令和5年4月7日発行「学校通信」掲載）

49 失敗

失敗の反対語は成功だと思ってしまいがちですが、私は両方同じ意味だといつも思っています。もちろん失敗はしたくありません。落ち込みますし時には他の人にとんでもない迷惑をかけてしまいます。私は他人に迷惑をかけてしまうことは別に悪いことではないと思ってはいますが、他の方に嫌な思いをさせることは少ないに越したことはありません。失敗はできるだけ少ない方が良いと願っています。それなのになぜこの両者を同意語だと思うのでしょう？　それはどちらも『結果』だからです。

結果に至る過程は自分次第でどうにも変化させることができます。しかし出てしまった結果を覆すことはできません。ならば、そこで何かを学ぶ意欲さえ失わなければ時に失敗からも大きな学びを得ることができますし、逆にわずかばかりの成功に浮かれているばかりだと、大切なものを一瞬で失ってしまうこともあります。いずれにしても結果から学ぶ姿勢こそが重要で、失敗か成功にはあまり強い執着はありません。

できれば味わいたくない失敗なのですが、よくよく思い返すと成功よりも失敗の方をうんとたくさん重ねているような気がしています。少なくとも私はそうです。ならば私は『失敗のプ口』なのかもしれませんね（汗）。そんな私が失敗してしまったときに一つだけ心がけていることがあります。それは『誰かのせいにしない』ということです。

失敗はつらいです。自分以外の誰かに責任を求める方が楽なのです。心がけてはいますが、それでも欲深い私はすぐに誰かのせいにしようとしてしまいます。そんな自分の弱さに気づいたら、素直に反省するように自分自身に言い聞かせています。自分を責め続けるのも苦しいものです。だからこそ、自分自身もその失敗から押しつぶされそうな時は『誰も悪くない』と自分に言い聞かせます。他の人も責めずに、自分も責めない。そう胸を張れるように結果の前の過程こそが大切なのです。

（令和6年2月15日発行「学校通信」掲載）

50 卒業

私は学校行事の中で卒業式が一番大嫌いです。理由は簡単です。お別れするのがつらいから。さかのぼること34年前。私が初めて中学校の先生になった年に、先輩の先生が『あとちょっとでやっとあいつらとお別れだ！』と卒業式を指折り数えている様子を見て、『自分はあんな先生にはなりたくない』と誓ったことを思い出します。そして今、卒業生とのお別れを心から嫌だと思える自分の感性にホッとしています。

何もかもを美談で振り返るつもりはありません。卒業生の中には本校での生活に全然満足できなかった人がいるでしょう。むしろ嫌な想いを抱いている人もいるかもしれません。それもこれも全てこれまでの日々の積み重ねの結果なのです。気休めを言うつもりもないし、先生方はあくまでも謙虚に自らを振り返らなければなりませんが、それでもこの学校での日々が今の君たちの一部をつくっていることは事実なのです。

とても厳しい学校だったと思います。なぜならば、基本的に本校は自由ですから。先生たちがいちいち細かく指図をしないのが本校の良さでもあり欠点でもあるのです。つまり、君たちは常に自分で考えて自分で決めることを課されてきたはずです。それがいかに厳しいことなのか、しかも実はこの先の人生で最も役に立つことだと君たちはこれから先に初めて知っていくことになるのではないでしょうか。自分で決める経験を重ねた人は、うまくいかないことを決して人のせいにはしないものです。

人生は厳しい。社会は厳しい。そう言う人がたくさんいます。そうかもしれませんし、そうでないかもしれません。人それぞれなのです。私もとても苦しいことがたくさんあります。迷ったり、決断を間違えたりするばかりです。深く後悔もしますし傷つくこともたくさんあります。それでも私は幸せですし、自分の人生とこの仕事に誇りを持っています。お別れは寂しいのですが、君たちはそれを確かめるためにここを旅立つのです。

（令和6年2月29日発行「学校通信」掲載）

本書の第1部は、生活協同組合連合会コープ九州事業連合が2020年4月から2023年3月に発行した月刊誌『クリム』掲載のコラム『校長ちゃんの　それで、よかよか』を加筆・修正したものです。第2部は、著者が校長を務める高等学校の「学校通信」の内、令和4年度・令和5年度に発行されたものの中から抜粋したものです。他に、本書のための書き下ろし原稿を加えて「それで、よかよか」として発行いたします。

●著者……………………………………………………………………………………

校長ちゃん

某私立高校校長。『寛容の精神が醸成される社会』の実現を願って、不登校経験者が多数を占める同校の日常を語り広げている。

〈第1部　詩・イラスト〉

とまと

何気ない日常の中で生まれたナイーブな作品で多くの人の共感を得る。著書に「言葉のお守り1章」等。

それで、よかよか　86の愛のメッセージ

2024年7月1日　第1刷発行

著　／校長ちゃん
発行者／中村宏隆
発行所／株式会社　中村堂
〒104-0043　東京都中央区湊3-11-7
湊92ビル4F
Tel.03-5244-9939　Fax.03-5244-9938
ホームページ　http://www.nakadoh.com

編集・印刷・製本／株式会社丸井工文社

ISBN978-4-907571-95-5